# L'anneau du pêcheur

DU MÊME AUTEUR

AUX ÉDITIONS STOCK

La légende de Gösta Berling

L'empereur du Portugal

Jérusalem en Terre sainte

CHEZ D'AUTRES ÉDITEURS

Le Cocher

Le merveilleux voyage de Nils Holgersson
à travers la Suède

Le Banni

Le violon du fou

Le livre de Noël

Mårbacka

Des trolls et des hommes

Les reines de Kungahälla

Bibliothèque Cosmopolite

Selma Lagerlöf

# L'anneau du pêcheur

contes

Traduites du suédois
par M. Metzger et Th. Hammar

Stock

# L'inscription sur le sol
## (D'après une vieille légende)

La femme adultère venait d'être jugée. Elle savait qu'elle allait mourir. Ceux qui l'avaient surprise en flagrant délit l'avaient traînée au temple et amenée devant les prêtres et les docteurs de la loi, qui venaient de prononcer leur arrêt : d'après la loi de Moïse, elle devait être lapidée.

La femme adultère était un pauvre être minable. Dans ses vêtements déchirés, le visage couvert de meurtrissures dues aux coups qu'elle avait reçus, déjà à moitié morte de frayeur, elle restait immobile, muette, devant ses juges, sans chercher à se défendre. Elle n'opposa aucune résistance non plus aux hommes qui l'avaient conduite au sanctuaire et qui, maintenant, la poussaient vers le lieu où elle allait subir son supplice.

Mais, si accablée qu'elle parût, son âme était remplie de haine et son sang bouillait de colère. Il était manifeste qu'elle n'éprouvait aucun remords. Son mari avait été très dur envers elle, la battant souvent et la laissant travailler et peiner sans jamais lui adresser une bonne parole. Elle n'estimait pas lui devoir de fidélité. Les femmes du quartier, qui savaient ce qu'elle endurait avec lui, s'étonnaient qu'elle fût si longtemps restée patiente et soumise et n'eût jamais rendu le mal pour le mal.

Brusquement, elle poussa un cri strident et se rejeta en arrière : comme en un éclair, elle avait eu conscience du sort qui l'attendait.

Dès l'enfance, elle avait entendu chuchoter de bouche en bouche qu'il existait dans le temple de Jérusalem un lieu d'horreur où personne ne se rendait de son propre gré. C'était une cour étroite et carrée, au sol noir battu, et encadrée de hautes murailles, construites en blocs de pierre énormes. Point d'autels dans cette cour, pas de cages à pigeons, pas de tables de changeurs, rien qu'un monceau énorme de pierres très ordinaires, de celles qu'on trouve partout dans les champs, des pierres grisâtres de la grosseur d'une tête d'homme. Elle n'avait jamais vu cet endroit, mais quand elle aperçut devant elle, par l'ouverture d'une haute porte, ce tas de pierres grisâtres, elle sut immédiatement où elle était.

Chaque fois qu'elle avait entendu parler de la cour vide avec son tas de pierres, où les femmes convaincues d'adultère allaient expier leur péché selon la loi de Moïse, elle avait été parcourue d'un frisson de terreur. Ce lieu lui avait paru plus sinistre que la géhenne, et voilà qu'elle allait y être conduite elle-même.

Mais à quoi lui servait-il de crier et de se débattre ? Les hommes lui firent franchir le seuil d'une violente poussée. Cela fait, ils ne s'occupèrent plus de la maintenir debout, mais la laissèrent s'affaisser sur le sol. Elle se traîna dans un coin, où, pitoyable et affolée, elle demeura tapie, les yeux rivés sur le tas de pierres, comme si toute son épouvante en émanait.

Malgré son effroi, la haine et la colère continuaient cependant à l'agiter, l'empêchant de voir sa propre culpabilité. Si elle avait été capable de parler, elle ne se serait pas efforcée de se disculper et n'aurait imploré la pitié de personne. Non. Elle aurait crié à ses accusateurs qu'ils avaient péché plus envers elle qu'elle envers eux, et que le Dieu d'Israël les punirait s'ils lui ôtaient la vie.

Elle n'était pas capable à ce moment de penser à autre chose qu'aux pierres et par conséquent ne savait pas d'où était venu l'homme qui, tout à coup, se dressa entre elle et le sinistre monticule. S'était-il trouvé là avant elle, ou faisait-il partie des curieux qui l'avaient suivie depuis la grande cour du temple ?

Pourquoi se tenait-il ainsi entre elle et les pierres ? Que voulait-il ? Était-ce lui qui devait commencer ?

C'était un homme élancé, de haute taille, vêtu d'une tunique noire et d'un manteau noir. Ses cheveux lui descendaient en boucles égales sur les épaules. Le visage était beau, mais sillonné autour des yeux et de la bouche de nombreuses rides creusées par la souffrance. La femme était sûre de ne l'avoir jamais vu auparavant. « Toi, je ne t'ai certainement jamais offensé, pensa-t-elle. Pourquoi alors me condamnes-tu ? »

L'idée qu'il pût être venu pour la secourir n'effleura pas un seul instant son esprit. Néanmoins, un changement s'opéra en elle après qu'elle l'eut aperçu. L'oppression de sa poitrine fut allégée par la présence de l'étranger. Elle respirait mieux : son souffle ne ressemblait plus au râle d'un mourant.

Les autres, son père, son mari, son frère, les voisins qui l'avaient amenée et s'apprêtaient à la tuer, s'étaient arrêtés un moment dans leur sauvage ruée. Quelques hommes, qui avaient l'habitude de passer leurs journées au temple à prier et à discuter les textes sacrés, venaient d'entrer dans la sombre cour, et l'un d'eux avait donné l'ordre de surseoir à l'exécution.

La femme adultère entendit derrière elle des chuchotements où elle crut distinguer : « On va mettre cet homme à l'épreuve. C'est le prophète de Nazareth. Profitons de l'occasion ! On verra s'il ose s'opposer à la loi de Moïse. »

Alors, deux d'entre les docteurs de la loi, deux vieillards à la barbe d'argent et vêtus de manteaux bordés de fourrure, s'approchèrent de l'étranger en noir et s'inclinèrent devant lui : « Maître, dit l'un d'eux, cette femme a été prise en flagrant délit d'adultère. Or la loi de Moïse ordonne qu'on lapide celles qui sont dans son cas. Et toi, qu'en dis-tu ? »

L'étranger, salué du nom de maître, leva ses paupières lourdes et regarda ses interpellateurs, puis le père, le mari, le frère de la condamnée, les hommes montés avec eux au temple, les docteurs de la loi, les pharisiens, tous les serviteurs du temple.

Après avoir promené son regard sur chaque visage il se baissa et, du doigt, traça quelques lignes sur le sol battu, comme s'il ne jugeait pas à propos de leur répondre. Mais, devant l'insistance des deux docteurs de la loi, il se redressa et leur jeta :

« Que celui d'entre vous qui est sans péché lui jette la première pierre ! »

Les hommes répondirent à cette parole par un ricanement. Que voulait-il donc dire par là ? À ce compte, tout criminel échapperait à sa juste punition.

La femme adultère poussa un faible gémissement. Malgré elle, elle avait espéré que l'étranger dirait quelque chose qui la sauverait. À présent, elle comprenait que tout espoir était perdu. Elle baissa la tête et se recroquevilla, attendant la pluie de pierres qui allait s'abattre sur elle, tandis que les hommes qui devaient lui faire expier son crime rejetaient leurs manteaux et retroussaient leurs tuniques. L'étranger resta à la même place ; il semblait se désintéresser de ce qui se passait et s'était de nouveau penché pour écrire quelque chose sur le sol noir.

Le premier qui s'approcha du tas de pierres était le propre père de la femme adultère, car il appartenait à lui, le chef de famille, celui que la honte atteignait le plus durement, de commencer. Il se baissa pour ramasser une pierre ; à ce moment, son regard tomba sur l'inscription tracée par terre. Et il y vit écrit, non par des lettres, mais d'une manière claire et intelligible, l'histoire d'un meurtre horrible qu'il avait commis plusieurs années auparavant et qui, jusque-là, était resté secret.

À cette vue, le père recula, saisi d'épouvante, et affolé, sans même prendre son manteau qu'il avait enlevé, il se précipita vers la porte.

Le fils accourut pour racheter la conduite de son père, qu'il interpréta comme la faiblesse d'un vieillard pour son enfant. Mais, en se baissant à son tour pour s'emparer d'une pierre et la lancer contre la sœur qui l'avait déshonoré, ses yeux s'arrêtèrent sur l'inscription au sol.

Et il y vit décrit, non par des lettres, mais d'une manière claire et intelligible, un vol sacrilège qu'il avait commis en sa folle jeunesse et qui, découvert, lui coûterait ses droits de citoyen israélite.

Effrayé, il chercha à effacer sous ses pieds l'inscription, mais celle-ci luisait d'une clarté invincible. Alors, dans sa hâte de se sauver, il écarta violemment tous ceux qui lui barraient la route.

La femme adultère se traîna un peu hors de son coin. Les mèches désordonnées de ses cheveux pendaient sur son front. Elle les écarta et chercha à mettre quelque ordre dans ses vêtements en lambeaux.

Alors ce fut le mari qui s'avança. Furieux contre l'inqualifiable attitude du père et du frère, il s'apprêta à saisir une pierre. Tout son corps criait vengeance : tuer cette femme qui l'avait couvert d'opprobre, quelle volupté ! Mais, tandis qu'il se baissait, certaines paroles – ou peut-être certains signes – tracées sur le sol semblèrent s'enflammer soudain. Elles trahissaient un complot ourdi contre le procurateur romain. L'homme s'y trouvait impliqué, il irait à la potence si le complot était dévoilé.

Il se redressa et, en esprit avisé, il prit un air apitoyé, murmura qu'il ne voulait pas s'instituer juge, et s'en alla.

Devant cette défection, les docteurs de la loi, stupéfaits et effrayés, s'approchèrent du tas de pierres, non pour en ramasser une, mais pour se rendre compte de ce que le maître avait bien pu écrire sur le sol, puisque cette inscription avait eu un effet aussi violent.

L'un d'eux y vit écrit qu'il avait un jour déplacé une borne entre son propre champ et celui du voisin, l'autre qu'il s'était emparé d'une grande partie des biens qu'il avait eu à gérer pour un mineur.

Les deux docteurs s'inclinèrent alors devant le maître et, simulant la pitié, ils s'éloignèrent dignement.

Lorsque ces hommes, qui avaient fait partie de ses juges, eurent disparu, la femme adultère se redressa à genoux. Le courage afflua en elle. Sans comprendre clairement ce qui venait de se passer, elle sentait qu'elle serait sauvée, qu'elle était sauvée, et le bonheur de vivre la remplit d'une joie débordante. D'étranges sursauts parcoururent tout son corps : elle eut envie de danser.

Elle n'était cependant pas encore hors de danger, car des spectateurs se précipitèrent pour accomplir le jugement. Mais ils reculèrent l'un derrière l'autre après un coup d'œil sur le sol et, au lieu de saisir les pierres meurtrières, ils fuyaient, pâles et tremblants, les yeux détournés et la tête basse.

Quand il n'y eut plus personne, la femme adultère se mit debout. Ses yeux avaient retrouvé leur éclat et ses joues blêmes leur teinte rose. Elle restait encore immobile, mais à sa joie d'être sauvée se mêlait la volupté de voir ses ennemis épouvantés et humiliés, et la douceur de la vengeance l'enivrait. Elle eût voulu danser dans ce lieu maudit, devant ces pierres qui auraient dû l'écraser. Prenant déjà la pose d'une danseuse, elle éclata de rire dans son ravissement.

Or, le maître inconnu la regarda.

« Où sont tes juges ? demanda-t-il. Personne ne t'a donc jugée ?

– Personne, seigneur », répondit-elle. En parlant elle se disait qu'elle ne pouvait plus réprimer l'élan d'allégresse qui la poussait à danser.

Mais le maître continua à la regarder.

Il voyait la joie bestiale, effrénée, qui l'animait. Il voyait qu'elle n'éprouvait aucune contrition. Il la voyait remplie de haine, de soif de vengeance et de désirs charnels.

Et elle sut qu'il voyait clair en elle, et l'envie de danser l'abandonna. Elle eut peur de l'homme qui l'avait sauvée : elle le voyait irradiant de la lumière céleste et une grande crainte s'empara d'elle. Était-ce le tour de cet homme de la juger ? Ce serait un jugement plus sévère encore que le précédent, car il avait le droit, lui, d'exécrer le péché dont elle était coupable.

Or, au milieu de sa terreur, elle l'entendit lui dire :

« Je ne te condamne pas non plus. Va en paix et ne pèche plus ! »

Quand ces paroles de la grâce et de l'amour pénétrèrent dans l'âme de la pécheresse, un miracle s'opéra en elle. Une petite étincelle s'y alluma, faible rayonnement de la splendeur éternelle, allumant dans l'angoisse et la lutte de nombreux jours et de nombreuses nuits une flamme vacillante. Parfois, elle souhaita la voir s'éteindre, cette flamme, car elle ne trouvait pas son âme digne d'une pareille visiteuse. Mais la flamme ne se laissa pas éteindre ; elle traça dans son cœur une inscription ineffaçable sur la hideur du péché et la beauté de la justice, jusqu'à ce que cette pauvre femme égarée fût toute pénétrée de sainteté.

# Mam'zelle Fredrika

C'était la nuit de Noël, une vraie nuit de Noël.

Les trolls avaient soulevé les dalles des montagnes sur de hauts piliers d'or pour célébrer la fête du solstice d'hiver. Vêtu d'un bonnet rouge tout neuf, le *tomte* dansait autour du riz au lait de Noël. Les anciens dieux parcouraient le firmament en manteaux d'orage gris, et, dans le cimetière d'Œsterhaninge, le cheval de Hel attendait. Il grattait du sabot le sol gelé, marquant ainsi la place d'une tombe nouvelle.

Non loin de là, dans le vieux domaine d'Arsta, mam'zelle Fredrika dormait. Arsta est, on le sait, un vieux château hanté, mais mam'zelle Fredrika dormait d'un bon sommeil paisible. Elle avait atteint un grand âge et, fatiguée après tant de dures journées de travail et de longs voyages – elle avait presque fait le tour du monde –, elle était revenue au foyer de son enfance pour y jouir d'un repos bien gagné.

Une gaie fanfare retentit tout à coup dans la nuit. La mort avait enfourché son destrier gris et se présentait devant la porte. Pour triompher d'un cœur romanesque, la mort avait pris l'aspect d'un chevalier hardi et venait en grand apparat : son vaste manteau écarlate et la plume fière du chapeau flottaient au vent de la nuit. « Peine perdue, chevalier, peine perdue ! La porte reste close et la dame de ton cœur dort. Il faudra chercher une meilleure occasion et une heure plus propice. Guette-la, quand elle se rendra à l'église pour assister au service du matin, guette-la sur la route, fier chevalier ! »

La vieille mam'zelle Fredrika dormait paisiblement dans sa maison bien-aimée. Personne n'avait plus qu'elle mérité la douceur du repos. Tel un ange de Noël, installée au milieu d'un cercle d'enfants, elle venait de leur raconter l'histoire de Jésus et des bergers, et, au cours du récit, ses yeux s'étaient mis à rayonner et tout son visage ridé avait paru transfiguré. D'ailleurs, maintenant qu'elle était vieille, il ne se trouvait plus personne pour critiquer son aspect. Ceux qui voyaient sa petite taille fluette, ses fines mains et sa bonne figure intelligente et aimable, voulaient garder cette vision comme un beau et inoubliable souvenir.

Dans la grande chambre de mam'zelle Fredrika, il y avait, parmi une foule de reliques du temps passé, une petite plante sèche. C'était une rose de Jéricho, qu'elle avait rapportée du lointain Orient. En cette nuit de Noël elle commença à s'épanouir d'elle-même : ses rameaux secs s'écartèrent, laissant apparaître des fleurs scintillantes comme des étincelles de feu, qui éclairaient toute la pièce.

À la lueur des étincelles, on apercevait, assise dans le grand fauteuil jaune et tenant salon, une personne menue et délicate, mais âgée. Ce ne pouvait être mam'zelle Fredrika elle-même, puisque mam'zelle Fredrika était plongée dans un bon sommeil ; néanmoins, c'était bien elle. Elle recevait, et ses invités représentaient ses souvenirs. La chambre s'en trouvait bondée. Des gens, des demeures entières, des objets, des pensées, des conversations étaient accourus en foule. Souvenirs d'enfance et de jeunesse, amour et larmes, honneurs et amères moqueries, affluaient à tire d'aile, tous autour de la petite vieille qui les regardait avec un bon sourire. Elle accueillait chacun d'eux avec une parole de plaisanterie ou de mélancolie.

La nuit, toute chose prend sa vraie forme et son vrai aspect. De même qu'on ne distingue que la nuit les étoiles du ciel, on n'aperçoit qu'alors sur la terre bien des choses qu'on ne voit pas le jour. C'est ainsi qu'à la lumière de la rose de Jéricho on voyait dans le salon de mam'zelle Fredrika des figures étranges : « Ma chère mère », avec son maintien raide, la brave Beata de Tous-les-Jours, des gens de l'Orient et de l'Occident, Nina l'exaltée, l'énergique Herta dans sa robe blanche, toujours prête à lutter.

« Pourquoi s'habille-t-elle toujours en blanc, celle-là ? » plaisanta la petite dame dans le fauteuil en l'apercevant.

Mais tous les souvenirs s'adressaient à la vieille dame, disant : « Songe à tout ce que tu as vu et entendu, à ton œuvre et au bienfait de ton œuvre ! N'es-tu pas lasse ? Ne veux-tu pas te reposer ?

– Pas encore, répondit l'ombre installée dans le fauteuil jaune. Il me reste encore un livre à écrire. Je ne pourrai me reposer que quand il sera fait. »

Là-dessus, les fantômes disparurent. La rose de Jéricho s'éteignit, et le fauteuil jaune resta vide.

À l'église d'Œsterhaninge, les morts célébraient leur messe de minuit. L'un d'eux monta à la tour pour mettre en branle les cloches, un autre alluma les cierges de Noël et un troisième fit résonner l'orgue sous ses doigts osseux. Par les portes grandes ouvertes, les morts, sortant de la nuit des tombes, envahirent la maison lumineuse, resplendissante, du Seigneur. Tels, exactement, ils avaient été de leur vivant, tels ils apparurent, mais un peu plus pâles. Ils ouvrirent les portes des bancs avec un bruit de clefs, ils murmuraient et chuchotaient entre eux en montant l'allée centrale :

« Ce sont toutes les lumières qu'elle a données aux pauvres qui illuminent aujourd'hui la maison de Dieu.

« Nous sommes couchés au chaud dans nos tombes tant qu'elle donne des vêtements et du bois de chauffage aux pauvres.

« Les fortes paroles qu'elle a prononcées et qui ont ouvert le cœur des hommes sont les clefs de nos bancs.

« Elle a conçu de belles pensées sur l'amour divin. Ces pensées nous ont soulevés hors de nos tombes. »

Murmurant et chuchotant ainsi, ils s'installèrent à leurs places sur les bancs, puis inclinèrent leurs fronts pâles entre leurs mains flétries.

Mais, à Arsta, quelqu'un entra dans la chambre de mam'zelle Fredrika et posa doucement sa main sur le bras de la dormeuse :

« Lève-toi, ma Fredrika ! Il est temps de partir pour le service du matin de Noël. »

La vieille mam'zelle Fredrika ouvrit ses paupières et vit Agathe, sa chère sœur morte, qui, s'éclairant d'une chandelle, se tenait auprès du lit. Fredrika la reconnut tout de suite, car elle était exactement telle qu'elle avait été de son vivant. Elle n'eut donc pas peur, mais se réjouit au contraire de revoir sa sœur aimée, à côté de qui elle voulait dormir le long sommeil.

Elle se leva et s'habilla en hâte. Le temps leur manquait pour causer, car la voiture attendait devant la porte. Les autres membres de la famille devaient déjà être partis, car seules mam'zelle Fredrika et sa sœur morte bougeaient dans la maison.

« Te rappelles-tu, Fredrika, dit la sœur, quand elles furent installées dans la voiture qui les conduisait rapidement à l'église, te rappelles-tu qu'autrefois tu attendais toujours un chevalier qui devait t'enlever sur le chemin de l'église ?

– Je l'attends toujours, dit la vieille demoiselle en riant. Je ne fais jamais cette route sans guetter mon chevalier. »

Les deux sœurs eurent beau se dépêcher, elles arrivèrent quand même trop tard. Le pasteur descendait de la chaire comme elles entraient à l'église, et on avait entonné le cantique final. Jamais mam'zelle Fredrika n'avait entendu un aussi beau chant. Le ciel et la terre semblaient s'y être confondus, chaque banc, chaque pierre, chaque ais de bois chantait.

Jamais non plus elle n'avait vu l'église aussi pleine d'assistants : des gens étaient assis sur la balustrade de l'autel et sur les marches de la chaire, d'autres se tenaient debout dans l'allée, se pressaient sur les bancs et, dehors, le chemin était noir de fidèles qui n'avaient pu trouver de place dans l'église. La foule s'écarta cependant pour livrer passage aux deux sœurs.

« Fredrika, fit l'aînée, regarde tout ce monde ! »

Et mam'zelle Fredrika les regarda.

Alors elle se rendit compte qu'elle se trouvait à la messe des morts. Un frisson lui courut le long du dos, mais, comme si souvent par le passé, la curiosité l'emporta sur la peur.

Et, regardant autour d'elle, elle reconnut que l'assistance se composait uniquement de femmes : femmes grisonnantes et voûtées en pèlerines rondes démodées et mantilles déteintes, en chapeaux fanés, en jupes retournées aux ourlets usés. Elle vit une quantité de visages ridés, de bouches édentées, de lunettes embuées et de mains flétries, mais à ces mains aucune ne portait d'alliance.

Alors mam'zelle Fredrika comprit : c'étaient toutes les vieilles filles défuntes de Suède qui célébraient la messe de minuit à l'église d'Œsterhaninge.

Sa sœur morte se pencha à ce moment vers elle :

« Ma sœur, regrettes-tu ce que tu as fait pour ces pauvres filles, tes sœurs ?

– Non, dit mam'zelle Fredrika. Quelle raison aurais-je de me réjouir s'il ne m'avait pas été donné de travailler pour elles ? Je leur ai jadis sacrifié ma renommée d'auteur. Je suis heureuse de me dire que je savais ce jour-là ce que je sacrifiais et que je l'ai fait néanmoins.

– En ce cas tu peux rester et écouter la suite. »

Au même moment, une voix s'éleva au fond du chœur, une voix douce mais nette.

« Mes sœurs, dit la voix, notre malheureuse espèce pitoyable, notre espèce ignorante et bafouée n'existera bientôt plus. Dieu a voulu que nous disparaissions de la terre.

« Mes chères amies, nous ne serons bientôt que légende. La mesure des vieilles demoiselles est comble. La mort chevauche ce soir sur la route de l'église pour chercher la dernière d'entre nous. Avant la prochaine messe de minuit, elle sera morte, la dernière vieille mam'zelle.

« Mes sœurs, mes sœurs ! Nous étions les solitaires sur la terre, les dernières appelées aux festins, les servantes sans rétribution dans les foyers. La raillerie et le manque de cœur nous entouraient. Notre chemin sur la terre était dur, notre nom tourné en dérision.

« Mais Dieu eut pitié de nous.

« À l'une de nous, il donna la force et le génie. À l'une de nous, il donna une bonté inlassable. À l'une de nous, il donna le don merveilleux de la parole. Elle devint tout ce que nous aurions dû être. Elle éclaira notre sombre sort. Elle devint comme nous la servante des foyers, mais les services qu'elle rendit s'étendirent à des milliers de foyers. Elle devint la garde des malades comme nous l'avions été, mais elle lutta contre la terrible épidémie des préjugés. Elle raconta ses belles histoires à des milliers d'enfants. Elle eut de pauvres amis dans tous les pays. Elle donna à pleines mains, plus généreusement que nous et d'un cœur plus chaleureux. Son âme ne renfermait rien de notre amertume, car sa charité en avait fait fondre jusqu'à la dernière trace. Sa gloire a atteint celle d'une reine. Des milliers de cœurs lui paient un tribut de gratitude. Ses paroles ont fait pencher la balance dans les grandes questions intéressant l'humanité. Son nom a retenti dans le nouveau monde comme dans le nôtre. Et pourtant elle n'était qu'une vieille fille.

« Elle a jeté de la lumière sur notre sombre sort. Béni soit son nom ! »

Les mortes répétèrent comme un écho :

« Béni soit son nom ! »

« Ma sœur, murmura mam'zelle Fredrika, ne peux-tu pas leur défendre de me rendre orgueilleuse, moi, pauvre pécheresse ?

– Oui, mes sœurs, mes sœurs, poursuivit la voix, elle a lutté pour l'extinction de notre espèce de tout son pouvoir. Sur son appel à la liberté et au travail pour toutes, les vieilles demoiselles méprisées, qui mangeaient le pain de la charité, ont disparu. Elle a brisé les barrières de la tyrannie autour des enfants. Elle a transplanté les jeunes filles dans la pleine activité de la vie. Elle a mis fin à la solitude, à l'ignorance, à l'existence sans joie. Il n'y aura plus de vieilles filles malheureuses et dédaignées, sans raison de vivre ; celles que nous avons été auront disparu. »

De nouveau, les ombres firent chorus et leur cri retentit comme la fanfare allègre du chasseur dans la forêt, comme les appels d'une troupe d'enfants : « Bénie soit sa mémoire ! »

La foule des mortes sortit alors de l'église et mam'zelle Fredrika essuya une larme au coin de son œil.

« Je ne rentre pas avec toi, dit sa sœur morte. Ne veux-tu pas rester ici pendant que tu y es ?

– Je voudrais bien, mais je ne peux pas. Il y a un livre qu'il faut que je termine d'abord.

– Alors bonne nuit ! Et gare au chevalier sur la route de l'église ! » dit la morte en souriant de son sourire espiègle d'autrefois.

Et mam'zelle Fredrika rentra chez elle. À Arsta, toute la maison dormait encore, et sans bruit, Fredrika monta à sa chambre, se recoucha et se rendormit.

Quelques heures plus tard, elle se rendit au service du matin. Elle s'y rendit en voiture fermée, mais elle en baissa la glace pour voir les étoiles. Peut-être guettait-elle encore son chevalier.

Et le voilà qui arrivait à bride abattue. Il était magnifique sur son coursier fringant. Son manteau écarlate jouait au vent. Son visage pâle était sévère, mais beau.

« Veux-tu être à moi ? » murmura-t-il.

Charmée jusqu'au fond de son vieux cœur par la haute stature de son chevalier à la plume flottante, elle oublia qu'elle avait besoin de vivre un an encore.

« Je suis prête, dit-elle.

– Je viendrai la semaine prochaine te chercher dans la demeure de ton père. »

Il se pencha et l'embrassa avant de disparaître, mais mam'zelle Fredrika se mit à frissonner et à trembler sous le baiser de la mort.

Quelques instants plus tard, mam'zelle Fredrika se trouva installée à l'église à la même place qu'elle occupait enfant. Elle ne songea plus au chevalier ni aux fantômes de la nuit, mais, dans un doux transport, son visage souriant refléta l'attente de la révélation de la gloire de Dieu.

Était-ce la fatigue de la veille ou la chaleur, l'air enfermé et la fumée des chandelles qui exercèrent un effet assoupissant sur elle comme sur tant d'autres ? Toujours est-il qu'elle s'endormit, mais seulement pour quelques secondes.

Peut-être aussi Dieu voulut-il lui ouvrir la porte du pays des rêves.

Dans ces quelques secondes, elle revit son père sévère, sa belle et élégante mère et l'insignifiante et laide petite Petrea. Et l'âme de l'enfant était serrée d'une angoisse plus forte que ne l'avait jamais éprouvée une grande personne. Du haut de la chaire, le pasteur parlait du Dieu juste qui châtie, et la petite l'écoutait, pâle et tremblante, comme si chaque mot eût été un coup de hache lui fendant le cœur.

« Quel Dieu, quel terrible Dieu ! »

L'instant d'après, elle se retrouva éveillée, mais elle tremblait et frissonnait comme après le baiser de la mort sur la route de l'église. Son cœur se trouvait repris par la folle terreur de son enfance.

Ele eut hâte de sortir de l'église et de rentrer, rentrer vite pour écrire ce livre, son beau livre sur le Dieu de la paix et de l'amour.

Rien qui semble digne d'être noté n'arriva à mam'zelle Fredrika avant la nuit de la Saint-Sylvestre. La vie et la mort, tels le jour et la nuit, régnèrent en bonne entente sur la terre pendant cette dernière semaine de l'année, mais, dans la nuit du nouvel an, la mort s'empara du sceptre et annonça que la vieille mam'zelle Fredrika allait lui appartenir.

Si l'on s'en était douté, le peuple de Suède tout entier aurait sans doute adressé à Dieu une prière unanime pour garder son esprit le plus pur, son cœur le plus chaleureux. On aurait veillé avec anxiété et douleur dans de nombreux foyers de différents pays où elle avait laissé des cœurs aimants. Les pauvres, les malades, les nécessiteux auraient oublié leur propre peine pour songer à la sienne, et tous les enfants qui avaient grandi sous la bénédiction de son œuvre auraient joint les mains et demandé à Dieu encore un an de vie pour leur meilleure amie – un an afin qu'elle pût répandre la pleine clarté sur l'œuvre de sa vie et y poser la pierre finale.

Car la mort était venue trop vite pour mam'zelle Fredrika.

La tempête faisait rage dans cette nuit de la Saint-Sylvestre, et la tempête agitait aussi l'âme de la moribonde. La vie luttait en elle contre les affres de la mort.

« L'angoisse ! soupirait-elle. L'angoisse ! »

Mais l'angoisse finit par céder et la paix vint à la mourante. Ses lèvres murmurèrent : « L'amour du Christ – le meilleur amour – la paix de Dieu – la lumière éternelle. »

Oui, c'est cela qu'elle aurait voulu écrire dans son livre, et peut-être bien d'autres choses aussi belles. Qui sait ? Nous savons seulement que les livres s'oublient, mais qu'une vie comme la sienne est inoubliable.

Les yeux de la vieille prophétesse se fermèrent et elle se plongea dans des visions.

Son corps lutta contre la mort, mais elle n'en savait rien. Ses proches entouraient en pleurant le lit de l'agonisante, mais elle ne les remarqua pas. Son âme s'était envolée.

Les songes devinrent pour elle la réalité ; la réalité, des songes. Elle attendait – comme elle s'était vue dans une vision de sa jeunesse – à la porte du ciel avec d'innombrables morts autour d'elle. Et le ciel s'ouvrit. Lui, l'unique, le salut des hommes apparut sur le seuil, et son amour infini éveilla en elle et dans les esprits qui attendaient le désir de voler dans ses bras, et ce désir les porta, comme sur des ailes, en haut, toujours plus haut.

Le lendemain, le pays de Suède tout entier était en deuil, et en deuil aussi une grande partie de la terre.

*Fredrika Bremer venait de mourir.*

# Il ne faut jamais trop penser

Au Caire, en Égypte, vivait il y a quelques centaines d'années un pauvre cuisinier du nom d'Assad. C'était l'homme le plus complaisant du monde, et comme de plus, il était fort habile dans son métier, on se serait attendu à le voir servir dans une de ces maisons opulentes où l'on garde les serviteurs d'année en année, et où ils gagnent un gros salaire.

Mais ce n'était pas le cas. Au début de sa carrière, le cuisinier avait en effet trouvé quelques places excellentes, mais pour les perdre presque aussitôt, et toujours de la même manière.

Les premiers jours, les maîtres se montraient ravis d'avoir à leurs gages un pareil cuisinier et s'étonnaient de voir que l'homme n'eût pas été appelé chez le sultan en personne. Mais, au bout de peu de temps, on le renvoyait avec des malédictions et des injures.

Le pauvre cuisinier, qui devait subvenir à l'entretien d'une vieille mère et d'une jeune femme, dut se contenter d'emplois de plus en plus médiocres. Finalement, il fut obligé de servir chez Saïd Effendi, vieux grigou qui avait fait fortune dans l'usure et la traite des esclaves, et qui avait la plus mauvaise réputation sur la place.

Cet homme fut au comble du bonheur, comme tous les autres, en s'apercevant que son cuisinier lui faisait une cuisine digne d'un grand vizir. Il savait qu'Assad avait dû changer de maître un nombre incalculable de fois, mais il se promit de ne jamais commettre l'insigne bêtise de le congédier.

Cependant, le malheur voulut que, dans la maison de Saïd Effendi, il y eût deux fours à pain. L'un, nouvellement construit, servait tous les jours. L'autre était si vieux et délabré qu'on ne l'employait plus jamais. Aucun des cuisiniers de Saïd Effendi n'avait même daigné y jeter un coup d'œil. Mais Assad n'était pas depuis longtemps dans la maison qu'il examina le vieux four, bâti tout contre le mur de la cuisine et qui avait l'aspect d'une ruche haute et large. Comme il fallait s'y attendre, il le trouva rempli jusqu'au bord de vieux chiffons et de toutes sortes de débris. Or Assad était un homme très méticuleux et qui aimait la propreté. Il se mit dans une colère terrible : « Possible que ce vieux four ne serve plus, se dit-il, mais il n'empêche que c'est un four à pain, et il est honteux d'en faire un dépotoir. Saïd Effendi pourrait à bon droit s'indigner s'il découvrait une pareille négligence. »

Là-dessus, le cuisinier saisit les pincettes, prit une braise sur l'âtre et l'introduisit dans le four. Tout le fouillis, qu'on y avait entassé pendant des années, prit feu aussitôt, et en même temps une fumée lourde et malodorante se répandit tout alentour.

Lorsque Saïd Effendi, quelques heures plus tard, sortit de sa chambre pour jouir de la fraîcheur du soir, cette fumée désagréable planait encore dans la cour. Se demandant d'où elle venait, il se dirigea aussitôt vers la cuisine pour interroger le cuisinier. Mais, avant même d'être arrivé à la porte, il se rendit compte que la fumée sortait du vieux four. L'instant d'après, tout tremblant de colère, il interpella le cuisinier, lui demandant comment il avait osé se permettre de faire du feu dans ce four condamné, et il le mit sans tarder à la porte.

« Mais, seigneur, dit le cuisinier qui avait cru rendre un grand service à son vieux maître, le four était rempli de balayures, et j'ai pensé...

– On ne doit jamais penser, s'écria Saïd Effendi en levant son bâton. Sors d'ici. »

Le cuisinier esquiva le coup et s'approcha de la porte. Arrivé là, il s'arrêta pour réclamer les gages qui lui étaient dus.

Saïd Effendi, qui, comme tous les vrais avares, n'osait pas se fier à son coffre pour y enfermer son argent et ses papiers de valeur, mais les cachait dans tous les endroits possibles et impossibles, venait, peu de jours auparavant, d'enfouir dans le vieux four une reconnaissance de dette de deux mille sequins. En entendant celui qui avait causé la perte de cette somme réclamer ses gages, il fut hors de lui de fureur.

« Fils de buffle, s'écria-t-il, tu veux que je te paie pour m'avoir ruiné ? File au plus vite ou je te ferai bâtonner par mes gens. Iemil, Musa, où êtes-vous fainéants ? Venez vite. »

Saïd Effendi était si effrayant à voir que le cuisinier n'osa pas le braver. Il se précipita dans la rue et continua à courir pendant un long moment, de peur que le maître ne le fît poursuivre par ses valets. Lorsqu'il se risqua enfin à s'arrêter pour réfléchir à ce qui venait de lui arriver, un sombre désespoir s'empara de lui.

« Ô Maître suprême, toi qui gouvernes tout l'univers, s'écria-t-il en levant les yeux au ciel, pourquoi t'acharnes-tu ainsi contre ton serviteur ? Tu es témoin que j'agis toujours avec les meilleures intentions. Je cherche sans cesse à servir mes maîtres, aussi honnêtement et d'une façon aussi désintéressée que possible. Pourquoi donc me chasse-t-on de la sorte ? »

Il se rappela la riche veuve d'un marchand, Fatima, qui l'avait gardé trois mois entiers à son service. C'était une patronne intelligente et généreuse, et il espérait alors rester auprès d'elle durant toute sa vie ; cependant, un jour, il avait vu par hasard le petit garçon de Fatima qui s'introduisait dans son garde-manger et lui volait ses gâteaux de miel et ses fruits confits. Jugeant déplorable que le fils d'une si excellente mère risquât de prendre de mauvaises habitudes, capables de compromettre son avenir, il avait administré au gamin une correction assez sévère. Mais la veuve avait été non moins indignée que Saïd Effendi : refusant d'écouter les explications du cuisinier, elle l'avait chassé de chez elle, sans autre forme de procès.

Il songea ensuite à Selim Bey, son premier maître, qui l'avait congédié parce qu'il avait osé lui rappeler que le prophète défendait l'usage du vin. Il songea à tous les autres qui s'étaient irrités contre lui pour des actes commis par pure bienveillance.

« Ô Maître miséricordieux, reprit Assad, pourquoi me punis-tu ainsi, tu me poursuis plus durement que si j'avais volé ou assassiné.

« Fais au moins savoir à ce grain de poussière qui t'invoque en quoi il a péché contre toi. »

Pendant que le pauvre cuisinier s'abîmait dans ses méditations et ses prières, il s'était sans le savoir engagé dans une rue menant à la porte orientale de la ville. Soudain, il s'arrêta :

« Où ai-je la tête ? se dit-il. Je me suis trompé de direction, le malheur m'a si bien troublé l'esprit que je ne sais plus regagner ma maison. »

Il était sur le point de rebrousser chemin quand, à la réflexion, il comprit qu'il devrait, au retour, avouer à sa mère et à sa femme la nouvelle perte de son emploi. Il faudrait écouter leurs reproches et leurs lamentations la soirée durant et, le lendemain, courir la ville pour chercher un travail qu'il perdrait certainement au bout d'une ou deux semaines.

À cette pensée, il se sentit pris d'une lassitude et d'un dégoût invincibles. « À quoi me sert de revenir sur mes pas si je dois supporter encore la même épreuve, se demanda-t-il. Pouquoi ne pas tourner le dos à toute cette misère ? »

Il continua donc à aller droit devant lui, et il dépassa la porte de la ville. Après avoir erré à travers quelques cimetières couverts de tombes, il se trouva dans le vaste désert de sable, qui en cet endroit touchait le Caire.

Bientôt, il marchait sur la grande route caravanière qui menait à la mer Rouge. La route serpentait entre de basses collines de sable amoncelé par le vent.

À la vue de ces collines, un souvenir d'enfance se réveilla chez le malheureux fugitif ; il se rappela les avoir parcourues par une belle matinée avec son père, pour célébrer la fête anniversaire de Mustapha Halil. Chemin faisant, son père lui avait raconté l'histoire de ce Mustapha, qui avait été un très saint homme, avec de nombreux miracles à son actif, et qui avait réuni autour de lui une foule de derviches.

La tombe du marabout, petite construction blanche couverte d'une coupole, était si bien cachée entre les dunes qu'ils avaient eu du mal à la découvrir. Mais, une fois arrivés au but, ils y avaient trouvé une grande affluence de gens, et la fête battait son plein.

Assad se rappela les derviches de Mustapha Halil, qui, assis en cercle sur le sol, se livraient à leurs dévotions, et sa surprise avait été grande de voir la multitude des habitants du désert, descendant des collines vers la tombe solitaire.

Chameaux, chevaux, hommes, tous se détachaient avec une étrange netteté sur le sol jaune, scintillant au soleil.

À présent que, désolé et rempli d'amertume, il se traînait sur la raboteuse piste caravanière, il se dit tout à coup :

« Les derviches de Mustapha Halil sont morts, c'est certain, et je doute que personne songe encore à fêter son anniversaire. N'empêche qu'il a peut-être encore aujourd'hui son pouvoir et sa sagesse, et peut-être lui plaira-t-il de me donner les éclaircissements dont j'ai besoin. Il peut n'avoir pas oublié que mon père était un de ses fidèles adorateurs. »

Sans hésiter, Assad abandonna la route des caravanes et s'enfonça entre les collines. La chance lui sourit, et il trouva la petite tombe après quelques recherches.

Mustapha Halil semblait en effet complètement oublié. Rien n'avait empêché le sable de s'amonceler autour du tombeau ;

le sentier était effacé et les deux marches qui menaient à la chambre mortuaire étaient à peine visibles.

En voyant la tombe ainsi délaissée, Assad fut pris d'une telle indignation qu'il en oublia sa propre détresse. Il se mit à l'instant même à écarter de ses mains le sable qui recouvrait l'escalier. « Si les choses continuent de ce train-là, songeait-il, bientôt le tombeau tout entier disparaîtra sous les sables et ressemblera à un simple monticule. »

Le travail fut long et difficile, et Assad avait à peine déblayé les deux marches, lorsque le soleil disparut tout soudain à l'ouest et, presque au même moment, la nuit tomba. Le cuisinier, épuisé après une journée aussi pénible, éprouva une violente envie de dormir : « Je vais me coucher sur le sol et me reposer un instant, se dit-il. Il ne sert à rien de travailler dans l'obscurité. Quand j'aurai bien dormi, je me remettrai à creuser. »

Il s'était à peine endormi sur son lit de sable chaud qu'il vit en rêve s'ouvrir la porte de la tombe et un petit vieux tout bossu s'avancer sur l'escalier. Assad était aussi lucide que s'il avait été éveillé, et il se souvint aussitôt que le pieux Mustapha Halil avait été bossu de son vivant. Il ne douta donc pas une minute de se trouver en face du saint homme.

Chose étrange, Mustapha Halil paraissait furieux au plus haut point. Il brandissait un long bâton de pèlerin, sa tête chenue branlait d'exaspération, et de sa gorge s'échappaient des cris qui n'auraient pas été plus menaçants venant d'un lion ou d'une hyène.

« À quoi penses-tu donc, étranger, de débarrasser ainsi ma demeure du sable qui la protège ? » hurlait-il, tout en frappant sans aménité le dormeur de sa canne.

Le pauvre cuisinier voulut se défendre en disant, à son habitude, qu'il avait pensé... qu'il avait cru... qu'il avait eu les meilleures intentions... Mais, ainsi qu'il arrive souvent en rêve, il se sentit comme paralysé et incapable d'articuler un mot d'explication.

Mais il semblait que le marabout pût lire ses pensées.

« Bourreau, cria-t-il, tes pensées, tes bonnes intentions font plus de dégâts qu'une tornade. »

Encore une fois, le cuisinier tenta de se justifier, mais il s'aperçut avec épouvante que ses lèvres restaient closes et qu'aucun son ne s'échappait de son gosier.

« Au temps où la voie qui menait à mon tombeau était libre et facile, poursuivit le marabout, cet endroit servit de refuge à une bande de voleurs. Ils avaient fait de ma demeure un lieu de beuveries et de dérèglements. À présent que le sable miséricordieux a rendu l'accès de ma tombe plus difficile, je puis dormir en paix. Crois-tu donc que je désire les revoir ? Je voudrais que toute la construction disparût sous les sables. Ô, malfaiteur. Je ne vois d'autre moyen de t'empêcher d'accomplir ton odieux dessein que de t'enterrer dans le sable sur lequel tu es couché, afin que tu cesses à jamais de jouir de la lumière céleste. »

À peine avait-il dit ces mots que le terrible vieillard se pencha sur le dormeur et se mit à l'ensevelir dans le sable, sans que Assad pût tenter un mouvement pour échapper à la mort.

« Que vais-je faire ? songeait le cuisinier. Qu'adviendra-t-il de moi ? Sans nul doute Mustapha Halil va m'enterrer tout vif. »

Et, comme pour augmenter encore le terrible danger qui menaçait Assad, trois nouveaux personnages apparurent à cet instant devant la tombe. C'étaient deux hommes et une femme armés de pelles géantes et qui, leurs vêtements flottant autour d'eux, s'approchèrent d'Assad en courant. Ils poussèrent des cris de joie à la vue du malheur qui lui était arrivé.

« Ne me reconnais-tu pas, monstre de cuisinier ? s'écria la femme. Je suis cette Fatima qui a eu jadis le malheur de te prendre à son service ! Mon fils avait eu une maladie des oreilles, il était presque guéri, lorsque tu t'es permis de lui asséner une telle gifle que le mal revint et mon fils resta sourd. C'est avec bonheur que j'aiderai à t'ensevelir. »

Et, à une allure folle, elle entassait le sable sur le dormeur étendu par terre. Le pauvre Assad, qui était un brave homme plein de compassion pour son prochain, ne put s'empêcher de se sentir tout marri du malheur qu'il avait causé. Un si grand regret s'empara de lui qu'il crut presque avoir mérité la mort qui le menaçait.

« Permettez que je prenne ma part de cette bonne action, dit un autre des nouveaux venus ; tu dois bien me reconnaître, Assad, je suis Selim Bey, ton premier maître. Un jour, j'étais au désespoir, car mon meilleur ami m'avait trahi et je songeais à m'enivrer pour oublier son offense. Mais tu m'en empêchas, et ma colère ne s'apaisa point. À notre première rencontre, je le blessai mortellement. Je n'ose plus me montrer au Caire, je suis devenu un bandit du désert, un proscrit, et tout cela par ta faute. »

Là-dessus, Selim Bey jeta plusieurs pelletées de sable sur l'homme étendu, dont la conscience fut aussi bourrelée de remords à cette révélation que ses membres étaient lourds de sable.

« Oh ! laissez-moi aussi une part de besogne, cria Saïd Effendi, le troisième de la série ; misérable hypocrite, tu as évidemment découvert le billet caché dans le four à pain. Tu as mis le feu pour cacher ton larcin. Tu m'as trompé avec tes sempiternels : "Je pensais, je croyais." Ma parole, je te paierai pour tes fameuses pensées.

– De toute façon, tu n'auras plus jamais l'occasion de te mêler de ce qui ne te regarde pas », gronda la veuve en jetant une grosse pelletée de sable sur la poitrine et les épaules du dormeur.

Celui-ci, sentant le sable s'amonceler sur lui et incapable de lever le petit doigt pour se défendre, comprit que sa dernière heure était venue. Sa volonté se tendit de telle façon qu'il fut inondé de sueur, ses muscles se contractèrent, mais sans résultat ; il ne parvenait ni à crier grâce ni à s'enfuir.

Le sang se figea dans ses veines, la respiration ne soulevait même plus sa poitrine. Le sable, fin comme de la farine, emplit ses oreilles, ses narines, ses yeux, sa bouche. Encore quelques instants et il mourrait étouffé.

Alors, dans son désespoir, il entendit la voix de Mustapha Halil.

« C'en est assez, mes amis, dit-il, votre malheureux serviteur a eu une bonne leçon, et je crois que nous pouvons le lâcher à présent. Son père, le pieux cuisinier Iussuf, a été un de mes plus fidèles disciples ; et c'est pour l'amour de lui que j'ai essayé d'insuffler un peu de bon sens à son fils. »

Dès que le marabout eut prononcé ces mots, le dormeur s'aperçut, à son indicible soulagement, que le sable glissait de son corps. Sa poitrine se souleva à nouveau, le poids écrasant qu'il avait dû supporter s'allégea. Il put regarder autour de lui. Les trois personnages avides de vengeance avaient disparu. Seul Mustapha Halil se penchait sur lui.

« N'oublie jamais ce que tu viens d'apprendre, fit-il avec un grand air d'autorité. Quand tu seras tenté de te mêler des affaires d'autrui, répète en ton for intérieur ces mots : "il ne faut pas trop penser". Mais ne crois pas, mon fils, que je veuille t'interdire toute activité de l'esprit. Rappelle-toi seulement que s'il arrive un malheur, si une maison vient à brûler, si un pont s'écroule, si deux vaisseaux se heurtent, la faute en est le plus souvent à un être de bonne volonté qui s'est livré à des réflexions imprudentes. C'est de cela que je veux t'apprendre à te garder. Fais ton travail, accomplis la besogne dont tu es chargé, et sois bien convaincu que Mahomet, le prophète d'Allah, préfère l'adorateur qui obéit pieusement et simplement à ses commandements à ceux qui veulent être plus sages que lui-même. »

Après avoir ainsi parlé, Mustapha Halil remonta les deux marches pour rentrer dans la tombe, mais avant d'ouvrir la porte de sa sombre demeure, il se tourna une fois encore vers le pauvre Assad.

« Je suis persuadé, dit-il, que lorsque tu t'éveilleras, d'ici quelques heures, tu croiras avoir fait un de ces rêves que l'on peut oublier et négliger ensuite comme on fait d'habitude. Mais garde-t'en bien. Si tu l'osais, je me rappellerais à ton souvenir. »

Quand Assad le cuisinier se réveilla le lendemain matin, il se souvint point par point du terrible cauchemar qui l'avait obsédé pendant la nuit. Il se rappela la colère de Mustapha Halil, et son propre effroi, lorsqu'on avait voulu l'ensevelir sous le sable. L'avertissement du marabout de ne pas considérer tout cela comme un rêve vide de sens restait aussi profondément gravé dans sa mémoire.

Ce qui ne l'empêcha pas de rire de son aventure au bout de quelques instants. « Tout cela n'est vraiment pas trop mal trouvé pour un rêve, songea-t-il. Mais ce n'est évidemment rien à quoi il faille s'attacher. Et, avant tout, comment pourrais-je imaginer que Mustapha Halil eût mal pris mon souci d'écarter le sable de sa demeure. Quand je pense à la vénération que mon père avait pour le marabout, je ne peux me résigner à ce triste état de choses. »

Et en effet il se jeta à terre et, de ses deux mains, se remit à déblayer le sol.

Mais, à peine avait-il fait voler en l'air les premiers grains de sable qu'il perçut au-dessus de sa tête le frémissement d'ailes vigoureuses. Il leva les yeux et vit fondre sur lui un gros corbeau, qui semblait vouloir lui crever les yeux. Et, de sa vilaine voix croassante, l'oiseau cria aussi fort qu'il le put : « Il ne faut pas trop penser, il ne faut pas trop penser. »

À cette vue, le cuisinier fut pris d'une terreur panique. Il se souvenait bien que, de son vivant, Mustapha Halil avait possédé un corbeau. L'animal, qui avait appris à dire quelques mots, resta auprès de son maître chéri, bien longtemps même après la mort de celui-ci. Il n'y avait vraiment pas lieu d'éprouver pareille surprise et pareille épouvante. Mais l'apparition du corbeau en cet instant convainquit Assad de la réalité de son rêve. Le marabout avait raison, il fallait obéir à ses ordres. Le cuisinier renoncerait à se croire plus sage que son prochain et deviendrait un autre homme.

Il se leva en toute hâte et s'enfuit pour échapper à l'attaque furieuse du corbeau. Mais l'oiseau le poursuivit de ses cris discordants jusqu'à la porte de la ville.

La légende rapporte que, de ce jour-là, le cuisinier Assad renonça à se mêler des affaires des autres sans en être prié. Il ne s'occupait plus que de ce qui concernait son métier, et il devint de la sorte un cuisinier réputé. C'était à qui l'engagerait à son service, et il finit par être maître queux du sultan lui-même.

La légende ajoute que, si par hasard, un des marmitons chargés de rapporter des pommes du marché revenait avec du raisin, et disait que trouvant les pommes vilaines, il avait pensé, il avait cru, que le raisin ferait mieux l'affaire... personne n'était plus prompt que le cuisinier Assad pour allonger au coupable un coup de sa cuiller à pot.

Et il s'écriait en même temps :

« Imbécile, il ne faut pas trop penser. Ne te l'ai-je pas répété cent fois. Il ne faut pas trop penser. »

# La pierre du lac Rottne

Il y avait une fois, au XVIIIᵉ siècle, un pasteur pauvre comme tant d'autres qui, debout dans la chaire de l'église de Bro en Vermland, lisait son sermon.

Les rangées de bancs au-dessous de lui étaient pleines d'une foule silencieuse et recueillie. Le soleil du printemps entrait par les petits carreaux des fenêtres et chassait le froid de l'hiver de la maison de Dieu non chauffée. Le sacristain était sur ses gardes pour éveiller quiconque s'aviserait de faire un somme. Tout se passait selon les règles, et le pasteur était joyeux comme le semeur qui jette une bonne semence dans une terre bien préparée.

Le pasteur était grand et solidement charpenté ; il avait une voix forte et des poings puissants. C'était un rude gaillard. Il était si brun qu'en le voyant, sans le connaître, on pouvait avoir peur de lui. Ses cheveux noirs lui tombaient à la manière paysanne jusque sur les épaules et descendaient très bas sur son front. Des sourcils épais comme des cordes surmontaient ses yeux sévères. Sa barbe sombre et touffue laissait à peine à découvert un peu de peau claire aux pommettes et cachait toute la partie inférieure du visage.

Quand le pasteur en fut à peu près à la moitié de son sermon, il entendit, venant du dehors, un bruit de sabots de chevaux et des éclats de voix d'homme. « Ce sont des gens qui arrivent en retard pour le service divin, se dit-il. Je voudrais bien qu'ils aient assez de bon sens pour rester où ils sont jusqu'à la fin du sermon. Leur arrivée va déranger tout le monde, et ils ne tireront aucun bien d'une fin de sermon. »

Mais le souhait du pasteur ne se réalisa pas. Les nouveaux venus entrèrent en faisant résonner le dallage du porche sous leurs pas lourds, et sans assourdir le timbre élevé de leurs voix. On eût dit qu'ils faisaient exprès autant de bruit que possible.

Tout en continuant à prêcher, le pasteur remarqua qu'une partie de l'auditoire ne l'écoutait plus avec le même recueillement, mais tournait la tête vers la porte. Il fit des vœux pour que les retardataires prissent place sur les derniers bancs, sans chercher à s'avancer près de la chaire.

Ce vœu ne se réalisa pas non plus. D'abord, les portes de l'église s'ouvrirent avec fracas et un cortège d'au moins une vingtaine de personnes enfila l'allée centrale. À en juger par ce tumulte, on se serait attendu à l'arrivée d'une soldatesque ivre. Mais non, à la tête de la bande, s'avançait une jeune paysanne de haute taille, et ceux qui l'accompagnaient n'étaient que de paisibles gens de la campagne.

La jeune fille, blonde et belle, portait des vêtements de bure blanche bordés de fourrure, et autour du cou et de la taille des bijoux d'argent si nombreux qu'ils devaient peser au moins dix à douze livres. Ceux qui lui emboîtaient le pas étaient tous vêtus de couleurs sombres. Parmi eux, il y avait des jeunes et des vieux, des hommes et des femmes. Le pasteur comprit qu'il se trouvait en présence de la maîtresse d'un grand domaine et de ses gens.

Il eut peine à continuer son sermon, car personne ne l'écoutait plus, tous les regards se tournaient vers les arrivants. Rien d'étonnant d'ailleurs, car ceux-ci ne se conduisaient nullement comme ils auraient dû le faire en entrant dans la maison de Dieu.

Certes, ils ne parlaient plus depuis leur entrée dans la nef, mais au moment de passer devant la chaire la grande et belle paysanne s'arrêta et se mit à dévisager le pasteur, comme si elle n'eût jamais vu son pareil. Elle le montra aux autres, et tous demeurèrent debout à le regarder dans une attitude de surprise, comme s'il avait été une bête curieuse dans une baraque foraine.

Le pasteur savait bien que, de condition modeste, il n'était pas pasteur en titre, même pas suffragant, mais rien qu'un pauvre pasteur auxiliaire qu'on envoyait de commune en commune. Il avait dû s'habituer aux humiliations et aux affronts, mais cette façon de le fixer lui parut une insolence insupportable.

Dans cette chaire, il était l'annonciateur de la parole de Dieu, personne donc n'avait le droit de lui manquer de respect. Son énorme poing s'abattit sur le bord de la chaire avec une force telle que le coup s'entendit dans toute l'église.

Il ne pensait pas se contenter de si peu. Son intention était de faire succéder au coup de poing quelques paroles sévères à l'adresse des perturbateurs. Mais il n'en fit rien. Avant de parler, il plongea encore une fois son regard dans les yeux pleins de défi de la jeune fille, et la semonce prévue en resta là.

Il se pencha de nouveau sur son sermon et le lut jusqu'au bout, sans plus s'occuper de son auditoire.

Lorsque, ensuite, il entra dans la sacristie, il n'y trouva personne. S'asseyant sur un banc étroit, il se prit la tête dans les mains et regarda fixement devant lui, d'un air tout à fait bouleversé.

Le malheur avait voulu que, quelques jours plus tôt, il eût parlé de la difficulté de sa vie au sacristain. On le payait à peine pour son travail, il n'était que l'auxiliaire d'un pauvre suffragant, qui avait juste de quoi ne pas mourir de faim lui-même. Impossible de rien exiger là où il n'y a rien.

En outre, il ne vivait pas seul. Il était veuf et avait à sa charge trois petits enfants entre deux et cinq ans. Sa gêne était si grande qu'il se voyait dans l'obligation d'écrire au Consistoire en suppliant, pour l'amour de Dieu, qu'on lui donnât une autre place.

Dans cette paroisse, il habitait une cabane d'une seule pièce et n'avait les moyens de payer ni servante, ni valet. La faim connaissait le chemin de sa maison. Personne ici n'était aussi mal loti que lui. Il lui fallait absolument trouver autre chose.

Alors le sacristain lui avait dit qu'il pouvait avoir mieux à faire que de s'en aller et, comme le pasteur s'enquérait de ce qu'il entendait par là, le sacristain, répondant à la question par une autre question, lui avait demandé s'il répugnerait à se remarier.

Il y avait dans la commune une riche fermière qui, jusqu'à présent, refusait tous les prétendants et dirigeait elle-même son grand domaine. Qui sait ce qu'elle dirait si le pasteur...

Elle n'était plus de première jeunesse, mais c'était une belle femme. Le pasteur ne l'avait sans doute jamais vue car, habitant un endroit reculé de la grande paroisse, à plusieurs lieues de l'église, elle y venait au plus deux fois par an.

Depuis l'arrivée du pasteur auxiliaire, elle ne s'y était pas montrée.

Le sacristain avait si bien présenté l'affaire que le pasteur l'autorisa, sinon à faire une demande en mariage, du moins à tâter un peu le terrain, afin de savoir si Gudrun Ivarsdotter consentirait à l'épouser.

Le pasteur crut comprendre qu'elle était vieille et laide, peut-être désagréable aussi, mais n'y attacha pas autrement d'importance ; il se disait qu'en l'épousant, il n'entendrait plus ses enfants pleurer la faim.

Et voilà que tout à l'heure, avant d'exprimer sa réprobation, il avait compris que la riche paysanne qu'il avait demandée en mariage était venue lui donner sa réponse. Et elle s'était présentée de façon à montrer au pasteur combien elle s'estimait au-dessus de lui.

En quoi il ne pouvait que lui donner raison. Pourquoi aussi s'être fié au jugement du sacristain ? S'il avait su qu'elle était belle et jeune encore, il aurait évité cet affront.

Il s'attarda dans la sacristie, afin de donner à Gudrun Ivarsdotter et à sa suite le temps de partir avant qu'il ne traversât lui-même la place de l'église.

Mais elle ne s'était point pressée : en ouvrant la porte de la sacristie, il la retrouva qui allait monter en selle et grimpait sur une pierre posée près de la porte de l'église pour la commodité des cavaliers. Son valet qui tenait le cheval avait peine à le garder immobile, et elle échoua à plusieurs reprises dans ses tentatives pour se hisser sur la haute selle de femme.

Alors, le pasteur s'approcha rapidement. De ses bras vigoureux, il saisit Gudrun, la souleva en l'air et la déposa violemment sur la selle.

« Allons, va-t'en, dit-il, et ne parais plus jamais devant mes yeux. »

Gudrun n'était certes pas de celles qui restent facilement interdites, mais sans trouver un seul mot à riposter, elle mit son cheval au trot et partit.

Après ce dimanche de printemps, avait commencé pour le pauvre pasteur auxiliaire et pour toute la paroisse une période pire que toutes celles qu'ils avaient connues auparavant.

Le printemps avait débuté dès le mois d'avril par un véritable temps d'été. La neige et la glace avaient disparu, le sol reverdissait, les bourgeons éclataient aux arbres, et il avait fallu se dépêcher de toutes ses forces pour les semailles.

Pour le mois d'avril, il y avait eu singulièrement peu de pluies, mais on allait en avoir d'autant plus en mai.

On aurait toujours assez de pluie, pas besoin de s'en faire de souci. En général, il pleuvait plutôt trop que pas assez.

Mais le mois de mai fut sec et venteux, avec de très faibles averses. Les gens attendaient la pluie pour la Pentecôte, sinon avant. Le jour de la Pentecôte, cependant, se leva clair et bleu comme tous les autres jours. Dans la nuit du lundi, il gela. Les ravages du gel furent inégaux comme d'ordinaire.

Quelques champs furent complètement détruits, d'autres résistèrent, et l'herbe des prairies et des boqueteaux promettait une bonne fenaison. Seule la pluie manquait.

Les fêtes de la Saint-Jean ont généralement, comme la Pentecôte, le don d'amener la pluie et la veille de la Saint-Jean, de sombres nuages s'amoncelèrent au ciel. Il y eut un violent orage et quelques grêlons crépitèrent sur le sol, mais ce fut tout. Ensuite la voûte céleste resta pure et sans nuages pendant deux grands mois. La terre fut chauffée comme un four. Les nuits étaient aussi étouffantes et pleines d'angoisse que les jours. L'herbe jaunissait, on la voyait pour ainsi dire disparaître dans les prés.

Le blé grena quand les tiges n'étaient qu'à un travers de main au-dessus du sol. Tout mûrit de bonne heure et la récolte fut vite faite, mais aussi quel vide béant dans les fenils et dans les granges ! Pendant tout l'été, des incendies de forêt menacèrent la région. Il fut presque impossible d'écobuer les terrains défrichés sans que le feu ne s'étendît aux bois voisins. Heureusement qu'il y avait peu de travail aux champs, puisqu'on était forcé sans cesse d'accourir pour éteindre des commencements d'incendie.

À la fin d'août, les nuits se faisant longues et sombres, le soleil perdit sa force. Sans doute serait-il possible maintenant aux nuages de s'accumuler. Ils n'y manquèrent pas. Ils se tassèrent, si épais et si denses que la pluie n'eut sans doute pas la force de rompre leur cohésion.

À cette même époque, l'eau des sources et des ruisseaux commença à tarir. Les petits moulins – écoute s'il pleut – s'arrêtèrent, et les gens qui avaient du blé à moudre durent sortir leurs moulins à bras.

Dans la forêt, le fourrage sécha sur pied, le bétail revint de lui-même aux étables comme pour demander secours aux maîtres.

Plus de doute, on se trouvait devant une année de famine. Alors, par maisonnées entières, on partit pour la forêt ramasser de la mousse, du lichen et du feuillage pour les bêtes, et l'on commença à mêler à son propre pain des baies sauvages, de la paille hachée menu, ou de l'écorce séchée et pilée.

En octobre, il pleuvrait certainement, cela ne sauverait évidemment pas les récoltes, mais il ferait bon avoir de l'eau pour les gens et les bêtes, et faire marcher les moulins. Mais le mois d'octobre fut beau et lumineux, tel un mois d'été. C'était l'époque de la foire, qui, en général, est caractérisée par le mauvais temps, comme toutes les grandes fêtes. Le jour de la foire amena une bise mordante et un froid aigu, mais aucune pluie.

À présent, ce n'étaient plus seulement les animaux domestiques qui cherchaient refuge au village, les bêtes de la forêt s'avancèrent jusqu'aux demeures des hommes pour trouver quelque chose à manger et à boire.

Les hommes, eux non plus, ne purent demeurer en place ; ils se mirent à errer par le pays comme les animaux. Des familles au grand complet prirent la besace et le bâton du mendiant, et partirent à la recherche des maisons où il restait assez de vivres pour qu'on pût en distribuer à d'autres.

En novembre, il y eut une petite précipitation atmosphérique. C'était de la neige.

Elle tomba sur un sol durci par le gel. Insuffisante pour les transports en traîneau, insuffisante pour quoi que ce fût, son seul mérite fut de cacher la terre desséchée.

En décembre, quand enfin l'année de misère tirait à sa fin, et que la situation semblait ne plus pouvoir empirer encore, le pauvre pasteur se trouva cependant en face de la plus grande épreuve de sa vie.

Un jour, peu de temps avant Noël, il dut faire une visite pastorale, bien loin dans la région forestière, à une pauvre veuve de pêcheur. Après une longue marche, il arriva à une petite maison au bord d'un grand lac. Dans tous les environs, pas une demeure humaine, pas de champs, pas de chalets d'alpage, rien que la forêt.

La misérable demeure s'élevait solitaire et abandonnée, le lac désert s'étendait devant elle, et la forêt derrière.

À l'intérieur, le pasteur trouva une femme à l'agonie et six enfants qui allaient être orphelins. Leur père était mort au cours de l'été, et maintenant ils perdaient aussi leur mère.

L'aîné des enfants avait dix ans, le plus jeune n'en avait que trois. Aucun d'eux n'était assez grand pour pouvoir se rendre utile et contribuer à son entretien.

Tous avaient besoin de vêtements, de nourriture, de soins et de surveillance pour les empêcher de périr.

Ils se réunirent tous autour de leur mère après que le pasteur lui eut donné la communion ; les regards de la mourante allèrent de chacun des petits au pasteur, et du pasteur à eux.

Elle n'avait pas fermé les yeux, mais ne cessait de regarder, de regarder. Elle ne suppliait pas avec des paroles : il y a des souhaits trop grands pour être exprimés.

Le pasteur lui demanda si elle n'avait pas de voisins. Elle en avait à deux lieues et demie de là. En remontant le lac Rottne, on trouvait une grande ferme appartenant à Gudrun Ivarsdotter. La femme du pêcheur s'était traînée jusque-là quelques jours auparavant et avait parlé des enfants à Gudrun, mais celle-ci avait refusé de s'en charger.

Cela n'était pas fait pour surprendre le pasteur. Comment s'attendre à ce qu'une jeune fille arrogante et orgueilleuse comme Gudrun vînt en aide à un aussi grand nombre d'enfants ? Ce n'était d'ailleurs pas souhaitable. Les yeux de la femme fixaient le pasteur avec une telle angoisse qu'il avait fini par ne plus pouvoir rester dans la maison. Il avait été forcé de sortir pour ne rien promettre qu'il ne pût tenir.

Quittant la maison, il descendit vers la rive. Les eaux étaient si basses que le fond du lac se découvrait sur une grande étendue. Le pasteur s'y aventura. Il allait seul et désemparé dans cette solitude, effrayé à mourir devant la nouvelle charge qui s'imposait à lui.

« Si au moins c'était une autre année ! se dit-il. Comment pourrai-je entreprendre de nourrir six bouches de plus, moi qui ne puis rassasier les trois qui sont à moi ? »

Lui, qui déjà se trouvait pauvre au printemps ! Que dire de la pauvreté qui l'écrasait à présent ? Plus d'aide à espérer de personne.

Soudain, il remarqua une pierre qui émergeait. Quelques lettres y étaient gravées. Il s'approcha pour les déchiffrer et distingua un M et deux X. Il comprit qu'on y avait inscrit une date. Quelqu'un, en des temps reculés, avait voulu marquer le niveau de l'eau d'une certaine année, comme font les gens pendant les périodes de sécheresse.

Le pasteur resta debout devant la pierre, cherchant à lire le millésime, mais il ne put y réussir. Il y avait là, cependant, quelque chose qui lui apporta un soulagement et une consolation. Autrefois aussi, on avait vécu des temps difficiles, l'eau était descendue aussi bas que maintenant, mais tous les habitants n'avaient pas péri ; ils avaient porté leur fardeau et continué leur existence.

Le pasteur saisit brusquement un silex à bords tranchants et se mit à entamer par petits coups la surface de la pierre pour y inscrire l'année de famine qu'il venait de vivre.

Il y inscrivit la date 1640 aussi bien qu'il put le faire sans ciseau ni marteau, mais cela ne lui suffit pas.

Tous les jours, il avait imploré Dieu en de longues prières. Aujourd'hui, il voulait lui adresser, de cette grande solitude silencieuse, une nouvelle supplication.

Il commença à graver dans la pierre ce que son cœur, tous les jours et à toutes les heures, criait à Dieu dans cette année de désastre : « Pitié, mon Dieu !... »

Ce travail exigea toute sa force mais lui fit du bien. Tandis qu'il creusait cette prière dans la pierre, il eut l'impression que le vaste lac gris, les rives bordées de noirs sapins et le bas et lourd ciel d'hiver se transformaient en un grand temple de Dieu. Il trouvait un réconfort à écrire dans la pierre toute l'angoisse qu'il portait en lui. Il y grava la clameur des affamés et des altérés, il se fit l'interprète des bêtes confiées aux soins des hommes, et des bêtes des contrées sauvages, des grands pins qui dépérissaient sur la montagne, et du plus petit brin d'herbe des prés.

À chaque lettre qu'il traçait, son courage augmentait, il se sentait animé d'une nouvelle force, il n'eut plus peur de prendre sur ses épaules un fardeau si lourd qu'il fût. Dieu lui viendrait en aide.

Deux jours plus tard, ce fut la veille de Noël.

Ce jour-là, il n'y eut pas de disette chez le pasteur auxiliaire. On lui avait envoyé des provisions de Noël du presbytère et de divers autres côtés. Après le dîner, il avait conduit les neuf enfants à la fête chez un voisin, puis il avait joué avec eux chez lui, dans la paille de Noël, jusqu'à ce que, fatigués, ils se fussent tous étendus et endormis sur la couche jaune et craquante de l'Enfant Jésus.

Le pasteur avait eu bien envie de faire comme eux, mais il avait d'autres soucis. Le crépuscule tombait, il fallait mettre sur le feu la bouillie d'orge.

Ce n'était peut-être pas absolument nécessaire mais, dès le premier bouillon dans la marmite, le pasteur ne s'arrêta plus de faire marcher sa mouvette. Il était si grand qu'il devait rester penché. Son dos finit par lui faire mal de fatigue, mais il n'y attacha pas d'importance. Au contraire, il semblait tout pénétré de la joie de Noël.

Et pourtant, sa situation ne s'améliorait pas le moins du monde, elle restait aussi misérable et difficile qu'auparavant, mais il s'était repris à espérer. Le secours lui viendrait d'une manière ou de l'autre, il en était sûr.

Tout à coup, le pasteur leva ses épais sourcils noirs. Quelqu'un, du dehors, saisissait la poignée de la porte pour entrer. Tout le monde savait, bien sûr, dans la paroisse, que le pasteur était sa propre servante, mais il ne tenait pas à recevoir des étrangers lorsqu'il s'occupait à des besognes de femme.

S'emparant de la marmite à bouillie, il fit le geste de l'éloigner du feu, puis il se ravisa.

Ce n'était, sans doute, que le bon vieux sacristain, venu pour voir comment ils allaient, les enfants et lui, en cette veille de Noël, et devant le sacristain il ne se gênait pas.

La porte s'ouvrit et il vit que ce n'était pas le sacristain qui entrait, mais une femme de haute taille. Le pasteur pensa aussi reconnaître la visiteuse, bien qu'il fît trop sombre près de la porte pour qu'il pût distinguer son visage.

« Eh bien, voilà qui est réussi, songea le pasteur. Elle n'a évidemment jamais rien vu de pareil. Elle en rira depuis Noël jusqu'à la Saint-Jean. »

L'étrangère tira doucement la porte sur elle et s'avança vers la cheminée, la main tendue. C'était Gudrun Ivarsdotter, mais elle ne ressemblait guère à la paysanne arrogante venue à cheval à l'église pour se moquer de son prétendant. Gudrun, très pâle, paraissait affaiblie et fragile, comme si elle relevait d'une grave maladie.

Le pasteur ne pouvait se rendre compte de l'état d'esprit de la jeune fille, mais elle ne semblait même pas s'apercevoir de la besogne à laquelle il s'occupait.

Il ne dit pas un mot pour souhaiter la bienvenue à Gudrun, mais il se dépêcha de déposer sa marmite et d'approcher une chaise pour que sa visiteuse pût s'asseoir. Elle était très changée, et il restait tout surpris de la voir ainsi faible et silencieuse. Elle lui faisait tant pitié qu'il n'arrivait pas à articuler un mot.

Ce fut donc Gudrun qui entama la conversation. Et elle parla comme quelqu'un qui ne peut plus être ni timide, ni craintive, étant passée par une épreuve assez grande pour supprimer toute autre crainte. Elle ne quittait pas un seul instant le feu du regard.

Elle dit qu'elle voulait demander au pasteur des nouvelles des pauvres enfants du pêcheur. Était-il donc possible qu'il les eût pris tous chez lui ?

Le pasteur, qui avait repris la marmite de bouillie, la déposa à nouveau, et saisit une braise au foyer pour éclairer la pièce où les enfants dormaient dans la paille.

« Je pense qu'ils sont tous là, dit-il.

– Mais comment vous arrangez-vous ? interrogea Gudrun. Leur mère est venue chez moi, une semaine avant sa mort, pour me demander de me charger des enfants. Et j'ai cru que je devais dire non. L'année est si terrible que je n'ai pas de quoi manger pour mes gens. Et pourtant j'ai certainement plus de ressources que toi.

– J'en ai toujours autant que leur mère, dit le pasteur. Ces enfants sont habitués à avoir faim. »

Elle continua comme si elle n'avait pas entendu son interruption.

« Je n'ai pu en détacher ma pensée depuis. Hier je suis allée à la cabane du pêcheur pour voir ce que devenaient les enfants, ils avaient disparu. Je n'ai rencontré que deux hommes qui venaient chercher le corps et ils m'ont dit que les enfants devaient être chez le pasteur auxiliaire.

– Il n'y a pas beaucoup d'autres endroits où ils pourraient aller », dit le pasteur.

Pour la première fois, elle se tourna vers lui et le regarda en face :

« Tu ne comprends pas ce que je voulais dire », fit-elle.

Lui tournait la bouillie de plus en plus vite, et il répondit d'une voix brève :

« Je suffirai bien à ma tâche avec l'aide de Dieu. »

Le pasteur se sentait aussi incapable de parler que quelques instants plus tôt. Des larmes de pitié pour Gudrun lui montaient aux yeux. Qu'était-ce donc qui l'avait rendue si charitable, même envers lui ? Il ne savait ce qu'il pourrait dire pour cacher son émotion, et Gudrun ne l'y aidait pas. Elle restait assise, la tête appuyée sur ses mains, et regardait la flamme. Elle songeait peut-être à ce qui l'avait transformée de la sorte.

« Quelle singulière veille de Noël pour tes gens, en ton absence, dit le pasteur à la fin.

– Oui, et je n'avais pas l'intention de les laisser seuls. Je suis partie ce matin de bonne heure, et je croyais que je serais de retour avant la nuit.

– Tu as donc été retenue en route ?

– Il a plu, tout simplement, et la terre était gelée. Le cheval refusait d'avancer, tant le verglas était fort. »

À nouveau, le pasteur éprouva une grande compassion pour Gudrun. Il aurait voulu l'avoir suivie à cheval sur les chemins difficiles, mais il n'en dit rien. En revanche, il s'écria :

« Quelle étrange année, il pleut à Noël ! »

Il se sentait forcé de choisir ses mots avec soin, pour que le son de sa voix ne le trahît pas.

« Oui, c'est bien vrai que l'année est extraordinaire, dit-elle. Je n'ai même pas pu faire cette petite course sans qu'elle tourne mal. Je ne suis arrivée au village qu'à la nuit.

– Peut-être ton cheval est-il resté dehors ? » demanda soudain le pasteur.

Il aurait été heureux d'avoir une occasion de faire quelque chose pour elle.

« Non, répondit-elle, je l'ai laissé au presbytère. J'ai l'habitude d'y entrer. J'ai été en apprentissage au presbytère pendant trois ans.

– C'est vrai, le sacristain me l'a dit, répondit le pasteur.

– J'y passerai la nuit », poursuivit-elle, et, comme le pasteur ne répondait rien, elle ajouta :

« J'ai apporté quelque chose aux enfants. Mais je reviendrai le leur donner demain matin ; le sol était trop glissant pour m'en charger ce soir.

– Tes cadeaux seront les bienvenus à n'importe quel moment. »

Ces paroles raisonnables permirent au pasteur de vaincre son émotion. Il se prit à penser à l'étrangeté de cette visite de Gudrun elle-même. Il lui aurait suffi d'envoyer un valet porter les friandises de Noël qu'elle destinait aux enfants.

Gudrun était restée assise et traçait du doigt des dessins sur la dalle du foyer. Soudain, elle leva les yeux vers le pasteur :

« Ce jour-là au printemps, quand je suis venue troubler le sermon, je me suis mal conduite », dit-elle.

Alors le pasteur eut enfin l'occasion de dire ce qu'il aurait voulu exprimer depuis longtemps ; il s'écria vivement :

« Personne ne m'avait dit comment tu étais, j'ignorais la folie que j'allais commettre.

– De toute façon, je me suis mal conduite », reprit-elle.

Et, de nouveau, il se sentit ému que l'orgueil de Gudrun fût brisé. Il aurait aimé lui dire qu'il la trouvait belle, qu'il reconnaissait son erreur, mais il n'y parvint pas.

Sa voix à elle aussi était lourde de larmes, mais elle ne chercha pas à s'en cacher, et se remit à parler du sujet qui l'avait amenée chez le pasteur.

Se souvenait-il de ce qu'il avait dit en la mettant en selle ? Il avait fait le vœu de la voir s'en aller si loin qu'elle ne pût jamais reparaître devant lui. Gudrun aurait voulu savoir s'il attachait à ces paroles une intention particulière.

« Non, dit le pasteur, j'ai simplement parlé dans la colère.

– C'est ce que j'ai pensé d'abord, je ne prêtais guère de sens à ce que tu avais dit. »

Puis elle détourna son regard et recommença ses dessins sur la pierre du foyer.

« Tant de malheurs se sont abattus sur moi cette année, dit-elle. Depuis ce jour j'ai été comme persécutée par le sort.

– À te voir, on croirait que tu as été malade.

– Non, ce n'est pas la maladie qui m'a éprouvée, mais je me suis rongée de regrets.

– La sécheresse a-t-elle fait beaucoup de ravages là-haut dans les régions forestières ? parvint à dire le pasteur.

– La sécheresse, et toutes sortes d'autres malheurs, répondit Gudrun. Le pire, ç'a été le grand incendie de forêt. Mes bêtes ont été brûlées, et tout ce qui se trouvait dans les bois a été entièrement détruit.

– Mais tu n'es pas sans abri, au moins ? s'écria-t-il.

– Non, la maison me reste, mais toutes mes vaches ont péri. C'est la plus terrible chose qui pût m'arriver.

– Ah », fit-il, et il lâcha enfin sa marmite. Il se rendait compte que c'étaient toutes les bêtes mortes qui fixaient le feu par les yeux de Gudrun. C'était cela qui avait brisé la jeune fille.

« J'ai beaucoup de gens chez moi. Il est difficile de savoir quoi leur donner à manger, quand il n'y a ni lait, ni beurre.

– Et c'est pour cette raison que tu n'as pu recevoir ces enfants ?

– Oui et non, mais pas pour cette seule raison.

– Je m'étonne de n'avoir pas entendu parler de tous ces désastres, dit le pasteur d'un air songeur. C'est peut-être bien parce que je n'ai pas voulu écouter ceux qui parlaient de toi. J'avais peur de toi. »

Il vit le visage de Gudrun s'éclairer d'un rapide sourire.

« J'ai eu encore plus peur de toi, moi.

– Peur ! dit-il, plus étonné de ce mot que de tout ce qu'elle avait dit jusque-là. Tu as eu peur de moi ?

– Oui, depuis ce dimanche, dit-elle, l'air de nouveau effrayé rien que d'en parler.

– As-tu par hasard cru que c'était moi qui t'envoyais ces malheurs ? s'écria-t-il avec emportement.

– Oui, j'ai cru que tu voulais me chasser du pays !

– Tu aurais dû te rappeler que j'étais pasteur !

– Mais justement... les pasteurs ont plus de pouvoir que nous autres. »

Le pasteur ne savait s'il devait rire ou pleurer. Il s'efforça de faire comprendre à Gudrun combien elle se trompait.

Mais elle l'interrompit :

« Il y a dans le lac Rottne, là-bas chez nous, une pierre qui porte des inscriptions magiques ; d'ordinaire, elle est cachée au fond du lac, mais aux époques de grand malheur elle apparaît. Mes gens m'ont dit que tu l'avais vue et que tu y avais gravé des runes de malheur encore plus terribles que celles qui s'y trouvaient déjà.

– Il n'y a donc personne chez toi qui sache lire ? demanda le pasteur.

– Si, moi, dit Gudrun. J'ai vu la pierre hier et j'ai lu l'inscription. »

Elle poussa un profond soupir comme au souvenir d'un fardeau dont elle eût été allégée.

« Je vais te raconter pourquoi je n'ai pas voulu recevoir les pauvres enfants du pêcheur. Je pensais réunir ce que je possède encore et aller m'installer dans la famille de mes parents, qui habite un vallon, de l'autre côté des montagnes.

– Et tu as changé d'avis ?

– Je n'ai plus peur de toi depuis que j'ai vu ce que tu avais écrit.

– C'est donc que Dieu m'a exaucé, fit le pasteur.

– J'ai pensé que celui qui avait gravé cette prière et qui accueillait chez lui six pauvres enfants ne pouvait pas être un homme dur », dit Gudrun doucement.

Debout près du feu, il la regardait.

« Ces enfants te sont un prétexte pour venir implorer ma compassion ? reprit-il avec une certaine hésitation. Il ne pouvait se mettre dans la tête qu'elle avait eu peur de lui.

– Oui, dit-elle dans un soupir.

– Et tu veux que je promette de ne plus te persécuter, de ne plus t'envoyer d'autres malheurs, afin que tu aies le courage de restez chez toi ? »

Elle appuya ses mains sur ses yeux et ne répondit que par un faible mouvement de tête.

Il n'y avait pas à en douter, le pasteur l'avait bien comprise : elle avait atteint le but de sa visite.

« Que te dirai-je pour que tu me croies et que tu n'aies plus jamais peur de moi ? dit-il d'une voix qui tremblait. Je t'ai déjà avoué que j'ai pensé à toi avec crainte, tout cet été. J'aurais été content d'apprendre que tu t'étais installée de l'autre côté des montagnes, car si je t'avais sue aussi loin, je n'aurais pas autant soupiré après ta présence. Il est plus pénible de sentir celle qu'on aime toute proche que d'être séparé d'elle par les montagnes... Tu comprends donc que tu n'as pas lieu d'avoir peur de moi », ajouta-t-il avec un petit sourire triste et découragé.

Il attendait avec impatience ce qu'elle allait dire, mais elle resta muette, et il ne savait si elle avait entendu et compris.

« Telle que tu t'es montrée ce soir, j'ai pu te faire cet aveu, reprit-il, je ne crois pas que tu te moqueras de moi... »

Elle leva enfin la tête. Des larmes brillaient au bord de ses cils.

« Je suis sans doute hors de mon bon sens, dit-elle, mais je pense qu'il valait la peine de souffrir ce que j'ai souffert cet été pour t'entendre dire ces paroles. »

Le pasteur n'osait croire qu'il avait bien entendu.

« Je veux que tu restes là où tu es en ce moment, s'écria-t-il, et tu vois, je te jette un sort, tu ne me quitteras jamais. »

Il s'approcha d'elle, et elle ne recula pas. Mais, au moment où il la saisissait par la main, un grésillement se fit entendre sur l'âtre : la bouillie d'orge débordait de la marmite.

Le pasteur se tourna vers le feu aussi vite qu'il le put, mais Gudrun avait prévenu son geste et, prenant la marmite par les anses, elle l'enleva du feu.

Il était trop tard, le gruau continuait à se soulever et à couler sur les pierres du foyer. Les braises crépitaient et jetaient des étincelles. Une forte fumée et une odeur de brûlé remplirent la pièce.

Effrayés, les enfants se dressèrent dans la paille, et les plus petits se mirent à pleurer.

Mais, malgré le désastre, Gudrun éclata de rire, son cœur allégé battait à grands coups, et elle sentait qu'elle redevenait elle-même.

« Eh bien, vous avez une drôle de façon de vous occuper de la cuisine, par ici, fit-elle. Il fallait vraiment que tu uses de sortilèges, vilain pasteur noir, pour avoir enfin une femme dans ta maison.

– Je sais bien, moi, à qui je dois ma femme, dit le pasteur, je ne l'ai pas obtenue par l'effet d'un sortilège. »

À l'instant même, Gudrun reprit son sérieux.

« C'est donc que je t'ai été envoyée par Celui que tu as invoqué en inscrivant ta prière dans la pierre. »

# Le journalier de chez Dobbrichsen

Il y a bien une soixantaine d'années que le journalier dont il est question ici travaillait chez le maître de forges Dobbrichsen. Mais il faut avouer que je ne sais rien des conditions particulières de sa vie. Était-il vieux ? Était-il jeune ? Était-ce un ouvrier capable ou un propre à rien ? Je ne peux pas le dire. Il est probable cependant qu'il ne différait pas des autres journaliers de son espèce. Il peinait tant que durait le jour dans la propriété du maître de forges, et lorsque, à la nuit tombée, il rentrait dans sa demeure, il y retrouvait une femme harassée et une bande d'enfants braillards.

Quel était le maître de forges Dobbrichsen, le patron du journalier ? Je ne le sais pas davantage et j'ignore même où se trouvaient situées ses fonderies, si elles étaient importantes ou de dimensions médiocres. Il serait sans doute intéressant de pouvoir en parler, mais à l'impossible nul n'est tenu, n'est-ce pas ?

Et je ne puis pas non plus décrire le maître de forges lui-même. En tout cas, ce devait être un patron à l'ancienne mode, cherchant à obtenir de ses journaliers autant de travail qu'ils en pouvaient fournir et les payant tout juste de quoi ne pas les laisser mourir de faim.

Or, il arriva que le journalier dont je veux vous parler se rendit un soir à une réunion de prière dans une chaumière pour y entendre parler un évangéliste. Peut-être cet évangéliste était-il un colporteur de livres saints au service d'une œuvre. Peut-être aussi prêchait-il de sa propre initiative. À coup sûr c'était un homme honnête et fervent, heureux d'être sauvé et de posséder pour sa part la certitude du salut, et qui cherchait à arracher à leur coupable quiétude autant de pécheurs que possible.

Et, comme il ne savait rien de mieux pour réveiller et secouer son auditoire que de l'entretenir des peines éternelles, il parla de l'Enfer toute la soirée.

Il s'acquitta certainement de sa tâche en toute conscience car les réveils et les conversions abondèrent au cours de la réunion, mais le journalier du maître de forges Dobbrichsen ne fut pas du nombre de ceux qui furent touchés par la grâce divine.

Il écouta le sermon avec recueillement et sans élever dans son cœur la moindre protestation contre les affirmations de l'évangéliste. Mais, sans doute, n'était-il pas dans la disposition requise. Il ne se sentit ni appelé ni choisi. Il n'éprouva même pas le plus faible repentir pour ses péchés, ni aucun désir d'être déchargé de leur poids.

Puisqu'il en était ainsi, comment n'aurait-il pas vu clairement qu'il ne pouvait en aucun cas éviter d'aller brûler en Enfer ?

Il rentra chez lui ce soir-là en compagnie de quelques autres journaliers au service de Dobbrichsen. En route, ils songeaient tous à l'évangéliste et à son sermon mais, soit par lassitude, soit par suite d'une émotion trop vive, personne ne soufflait mot. Enfin, l'homme qui fait l'objet de ce récit éprouva le besoin d'exprimer les soucis qui l'oppressaient et de communiquer à ses compagnons les conclusions auxquelles il était parvenu.

« Lorsqu'on a été pendant toute sa vie journalier chez Dobbrichsen, dit-il, et qu'ensuite on doit aller en Enfer après sa mort, il n'y a vraiment pas de quoi se réjouir d'être venu au monde. »

Les autres opinèrent du bonnet, les paroles de leur camarade leur paraissaient fortes et vraies. Il avait dit ce qu'ils pensaient tous tandis qu'ils cheminaient, las et découragés.

Peut-être la lune et les étoiles brillaient-elles aux cieux, éclairant la nuit, mais les journaliers ne levaient pas les yeux au ciel.

Avant cette soirée, il est bien possible qu'ils eussent nourri un tout petit espoir de se promener un jour là-haut dans les plaines étoilées. À présent, ils savaient que cette splendeur leur était fermée à tout jamais.

Ils auraient bien voulu se repentir de leurs péchés et avoir part à la béatitude céleste, mais, puisque la contrition devait s'exprimer par des soupirs et des gémissements, à la manière des femmes, ce dont ils se sentaient incapables, aucun doute ne pouvait demeurer sur leur sort après la mort.

Les journaliers se répétaient donc l'un à l'autre la réflexion de leur camarade. Il avait dit la vérité vraie, rien ne pouvait être plus vrai.

Pardi, passer sa vie en qualité de journalier chez Dobbrichsen, ce n'était pas drôle. On travaillait d'un bout de l'année à l'autre et, en définitive, on était vêtu de guenilles et on avait faim. Pour couronner le tout, on ne pouvait s'attendre qu'à l'Enfer ! Il n'y avait vraiment pas de quoi se féliciter de sa chance.

Ceux qui avaient entendu les paroles du journalier en restèrent si saisis qu'ils les répétèrent à leurs femmes et, peu après, toute la commune les répéta après elles. Ces paroles arrivèrent-elles jusqu'aux oreilles du maître de forges Dobbrichsen ? Je l'ignore, mais je sais qu'elles dépassèrent de beaucoup le district minier et qu'elles se répandirent dans tout le pays.

Elles passèrent presque à l'état de proverbe. Quelqu'un qui travaillait dur pour un maigre salaire grommelait souvent à part soi :

« Quand on a passé sa vie en qualité de journalier chez Dobbrichsen », etc.

Moi aussi, j'entendis cette phrase dans mon enfance. Il faut croire qu'elle m'a vivement frappée et que je l'ai trouvée forte et juste, car elle s'est gravée dans ma mémoire, et je ne l'ai pas oubliée jusqu'à ce jour.

Souvent j'y songeais ; je ne pouvais accepter l'idée que ce journalier de Dobbrichsen eût un aussi lamentable destin. Ne lui restait-il donc aucun espoir ?

Si vraiment il lui était impossible de regretter ses péchés et de se convertir, ne pouvait-il parvenir au salut d'une autre manière ? Et pourquoi pas, en empêchant un de ses semblables de se noyer, ou bien en arrachant quelqu'un à la mort dans une maison en flammes ? Mais non, c'étaient là de bonnes œuvres qui n'entrent pas en ligne de compte pour le salut.

Parfois, je m'imaginais que le journalier avait une fille bien mariée, auprès de laquelle il vivrait heureux et à l'aise au soir de sa vie. La pensée qu'un être humain pût passer, aussi pauvre et sans joie, toute son existence terrestre, et l'éternité ensuite, m'était insupportable.

Mais j'avais beau envisager les solutions les plus diverses, aucune ne me débarrassait de mon souci concernant le journalier. Il ne me suffisait pas de lui procurer quelques jours de bonheur en ce monde, et je ne voyais pas du tout comment je l'aiderais à parvenir à la béatitude dans l'autre.

Pourtant, il n'était pas juste de l'envoyer en Enfer. C'est là que vont les grands criminels et non pas les gens paisibles et débonnaires comme lui !

Jamais je ne parvins à voir clair dans le cas du journalier de Dobbrichsen. Puis les années passèrent et d'autres pensées occupèrent mon esprit. Mais je n'oubliais pas tout à fait le pauvre journalier. Récemment encore, il m'est arrivé de me creuser la tête pour savoir s'il ne pouvait, d'une façon ou de l'autre, être sauvé.

Et cette année, pendant la nuit de la Saint-Sylvestre, j'ai rêvé de lui.

J'ai rêvé que je cheminais le long d'une grand-route et, devant moi, marchait un homme long et maigre. Dès que je l'aperçus, je sus que c'était le journalier de chez Dobbrichsen, et je sus aussi qu'il venait de mourir cette nuit même et qu'il se rendait de ce pas au ciel pour se présenter devant Notre-Seigneur et être jugé digne du salut ou condamné aux peines éternelles.

J'éprouvais une immense satisfaction de cette rencontre. Enfin, j'allais savoir quelle serait la destinée du journalier.

Je ne pouvais m'empêcher de m'étonner qu'il eût vécu jusqu'à ce jour mais, somme toute, cette pensée me troublait peu. Le principal, c'est que je touchais à l'explication tant désirée.

Peu après, nous étions à la porte du ciel. Mais voyons, était-ce bien le ciel ? N'avions-nous pas devant nous le bâtiment à un étage du presbytère de Sunne ?

Cela ne nous gêna du reste pas le moins du monde.

On ne nous fit pas attendre ; quelques instants plus tard, nous nous trouvions devant Notre-Seigneur. C'est-à-dire que Notre-Seigneur n'était pas exactement Notre-Seigneur, mais bien plutôt le vieux pasteur Werme, de Sunne, qui, assis à son vaste bureau, nous examinait attentivement.

Je reconnus les grands traits de son large visage encadré de favoris noirs, qui l'élargissaient encore. Mais que nous importait ? Nous savions bien que nous étions devant Notre-Seigneur.

À droite du bureau, il y avait une porte. Je me souvenais que cette porte menait au grand salon du presbytère, et je compris tout de suite que les élus devaient s'y réunir.

Tandis que mes regards fixaient la porte, Notre-Seigneur demandait au journalier comment il s'appelait et dans quelle paroisse il était domicilié. Puis il chercha dans son grand registre le nom de l'homme et les notes qui s'y rapportaient. Après quoi, sans poser aucune autre question, il désigna l'entrée du salon.

« Entrez donc, je vous en prie », dit-il à celui qui avait été journalier chez Dobbrichsen.

L'homme s'approcha lentement de la porte. Mais alors il me fut impossible de me contenir.

« Il doit y avoir erreur, m'écriai-je au moment où le journalier saisissait la poignée.

– Comment cela ? dit Notre-Seigneur en plissant les paupières tout juste comme le pasteur Werme avait coutume de le faire quand il estimait qu'on lui posait une question sotte.

– C'est que je me demande si vraiment il a mérité le salut, répondis-je.

– Voyons, ma chère enfant, dit alors le Seigneur, comment n'aurait-il pas mérité le salut ? Il a travaillé sans arrêt depuis son enfance jusqu'à l'âge le plus avancé !

– Mais est-ce que cela compte ? demandai-je. Car voilà une idée qui ne m'était jamais venue à l'esprit.

– Bien sûr, que cela compte, dit Notre-Seigneur, et, en disant ces mots, il se leva et alla ouvrir lui-même la porte du Paradis au pauvre homme qui avait été journalier chez le maître de forges Dobbrichsen.

Et moi, j'éprouvais une telle joie que je m'éveillai.

Tandis que je restais étendue, un peu somnolente encore, je sentais cette joie envahir tout mon être et je me répétais sans me lasser :

« Dire que cela compte, dire que les portes du Paradis s'ouvrent pour ceux qui ont travaillé ! »

Quelles perspectives d'espérance infinie s'ouvraient à ces seules paroles ! Il y avait donc quelque chose de sacré dans le travail ? La besogne la plus grossière était en honneur auprès du Seigneur, et peut-être d'autres besognes aussi...

Et, tout à coup, je me souvins que nous étions au matin du 1er janvier, et le bonheur d'avoir, au cours de cette année nouvelle, un grand travail à accomplir, un travail que j'aimais, me pénétra toute.

# Parmi les rosiers grimpants

Je souhaiterais que les regards des gens au milieu desquels j'ai passé mon été tombent sur ces lignes. Maintenant, à l'époque du froid et des sombres nuits, je voudrais ramener leurs pensées vers la saison chaude et lumineuse.

Je rappellerais à leur souvenir les rosiers grimpants qui entouraient la véranda : les branches délicates, un peu grêles, de la rose du Bengale, qui, au soleil comme au clair de lune, se dessinaient en ombres noires sur le carrelage gris clair, et les grandes fleurs pâles aux larges pétales déchiquetés qui formaient comme un léger voile de dentelle.

D'autres étés m'ont laissé des réminiscences de champs de trèfles ou de boqueteaux de bouleaux, ou encore de pommes astrakan et de groseilliers. Mais l'impression dominante de cet été me vint des rosiers. Leurs boutons délicats et fragiles, qui ne supportaient ni vent ni pluie, leurs jeunes pousses d'un vert si tendre, qui se balançaient légèrement aux souffles de l'air, leurs sarments souples et flexibles, la richesse luxuriante des fleurs, les essaims joyeux et bourdonnants des insectes, cet ensemble me suivra et me reviendra à la mémoire quand mes pensées évoqueront l'été, le clair, le suave été.

Maintenant que le temps du travail est revenu, on me demande souvent comment j'ai passé les vacances. Aucun autre souvenir ne s'est gravé dans ma mémoire. J'ai l'impression d'avoir été assise à longueur de journée sous la véranda, derrière le rideau des rosiers, buvant parfum et soleil. Mais à quoi me suis-je donc occupée ? Eh bien, j'ai regardé travailler les autres.

Il y avait là une petite abeille tapissière qui besognait du matin au soir. Dans les limbes verts et mous des feuilles, elle sciait avec ses mandibules tranchantes un petit ovale bien net, le roulait comme on roule un tapis et, le précieux fardeau pressé contre son corps, elle voltigeait vers le parc et se posait sur une vieille souche d'arbre. Puis elle s'engageait dans de sombres couloirs et de mystérieuses galeries jusqu'au fond d'un puits vertical. Dans cette profondeur inconnue, où ne se risquerait aucune fourmi ni aucun mille-pattes, elle développait le rouleau de verdure et couvrait ainsi le sol inégal d'un somptueux tapis. Le sol couvert, ma petite abeille revenait chercher de nouveaux fragments de feuilles pour en tapisser les parois du puits. Elle travaillait avec une telle ardeur qu'il n'y eut bientôt plus une seule feuille du rosier qui n'eût une petite découpure ovale, preuve manifeste que le rosier avait, bien malgré lui, contribué à l'ornementation du vieux tronc d'arbre.

Un jour, la petite abeille changea d'occupation. Elle s'enfonçait entre les pétales aux bords déchiquetés des belles roses et, dans ces jolis garde-manger, elle suçait et buvait avidement le suc ; ensuite, elle s'empressait de retourner à la vieille souche pour remplir de miel limpide le cabinet aux tentures vertes.

La petite abeille n'était pas la seule à travailler dans les rosiers. Il y avait aussi une araignée, une araignée magnifique. C'était la plus grosse araignée que j'aie jamais vue ; elle était d'une couleur orange, avec une croix nettement dessinée sur le dos, et elle avait huit longues pattes rayées de rouge et de blanc, toutes également bien marquées. Et j'aurais voulu que vous l'eussiez vue filer ! Chaque fil était étiré avec une extrême minutie, depuis les tout premiers, qui servaient uniquement d'attache et de soutien, jusqu'aux fins filaments du milieu de la toile. Il fallait voir avec quelle adresse elle avançait, en se balançant comme sur la corde raide, le long des fils minces, pour saisir une mouche et pour regagner son trône au centre de la toile, où elle attendait ensuite pendant des heures, immobile, attentive.

Cette grosse araignée orange gagna mon cœur par sa patience et sa sagesse. Tous les jours, elle eut maille à partir avec l'abeille tapissière, et chaque fois elle se tira de cette rencontre avec un tact infaillible. L'abeille, dont le chemin passait près de la toile, s'y faisait fréquemment prendre. Aussitôt, elle se mettait à bourdonner et à se débattre au grand dommage du fin réseau. Elle se comportait comme une folle, ce qui avait pour résultat de l'y empêtrer de plus en plus, jusqu'à avoir pattes et ailes enveloppées des fils poisseux et gluants.

Lorsque l'abeille se trouvait enfin épuisée et paralysée, l'araignée s'approchait d'elle, tout en restant à distance respectueuse, puis, avec l'extrême pointe d'une de ses élégantes pattes rayées, elle donnait à l'abeille une petite poussée, qui la faisait tournoyer de nouveau. Quand la captive s'était de nouveau épuisée à bourdonner de rage impuissante et à se débattre, elle recevait une seconde petite tape des plus légères, puis encore une et encore une, jusqu'à ce que, saisie de vertige après avoir tourné comme une toupie, elle fût hors d'état de se défendre. Mais, au cours de ce tourbillonnement, les fils qui la tenaient suspendue avaient fini par être si tordus qu'ils se rompaient et l'abeille tombait à terre. C'était manifestement le but visé par l'araignée.

Et ce tour d'adresse, elles le refirent, ces deux-là, jour après jour, tant que l'abeille travailla dans les rosiers. Jamais la petite tapissière n'apprit à se garer de la toile et jamais l'araignée ne montra de colère ni d'impatience. Elles me devenaient sympathiques toutes les deux, l'ardente petite travailleuse velue et le grand vieux chasseur rusé.

Il ne se passait pas de grands événements dans la maison des rosiers grimpants. Entre leur fin réseau, on apercevait le petit lac qui s'étendait miroitant au soleil. C'était un lac trop minuscule et trop enclos de tous côtés pour pouvoir jamais former de véritables vagues, mais le moindre frisson sur son onde grise suffisait à faire jaillir des milliers de petites étincelles, qui sautaient et jouaient à la surface. On eût dit que, dans la profondeur de l'eau, couvait un feu qui ne demandait qu'à s'allumer. Et notre vie d'été ressemblait au lac : un incident, même minime, en rompait la calme monotonie. Et alors, quel merveilleux scintillement !

Il ne fallait pas grand-chose pour nous égayer : une fleur ou un oiseau pouvaient nous donner de la joie pour plusieurs heures, pour ne pas parler de la petite abeille tapissière. Je n'oublierai jamais combien, un jour, je fus heureuse à son sujet.

Mon abeille s'était laissé prendre comme d'ordinaire dans la toile d'araignée, et l'araignée l'avait aidée à se dégager comme d'ordinaire, mais cette fois l'abeille s'était trouvée fortement prise et avait dû tournoyer très longtemps avant d'être libre. Aussi m'avait-elle paru très diminuée et lasse en s'envolant. Je me penchai en avant pour voir si la toile avait beaucoup souffert. Ce n'était heureusement pas le cas, mais, dans les mailles, je découvris une petite larve jaune, un petit monstre filiforme qui n'était que mandibules et griffes, et je fus bouleversée en l'apercevant, complètement bouleversée.

Croyez-vous que je ne les connaissais pas, ces larves qui, par milliers, rampent jusqu'en haut des tiges et se dissimulent entre les pétales des fleurs ? Oui, je les connaissais bien, ces parasites rusés et tenaces qui attendent, cachés, pendant des semaines s'il le faut, qu'une abeille arrive pour pouvoir se glisser dans sa pelisse noir et jaune. Et je connaissais leur adresse détestable qui leur permet, au moment où le petit constructeur de l'alvéole l'a remplie de miel et y a déposé un œuf d'où doit sortir le véritable propriétaire de la cellule et du miel, de se laisser tomber sur l'œuf et de s'y maintenir en un équilibre instable comme dans un bateau, car tomber dans le miel serait sa mort. Et, tandis que l'abeille couvre d'un toit vert le nid en forme de dé et enferme bien son œuf, la larve jaune déchire l'œuf de ses mandibules tranchantes et en dévore le contenu, pendant que la coquille continuera à lui servir d'embarcation sur le dangereux lac de miel.

Mais peu à peu, le mince petit être jaune devient large et plat et capable de nager à la surface du miel et de s'en gorger, puis, dans la consommation des temps, un coléoptère noir, gros et gras, sort du nid de l'abeille. Ce n'est pas cela que l'abeille avait espéré obtenir par son travail, et quelque rusé et adroit qu'ait été le coléoptère, il n'en demeure pas moins un parasite, un paresseux qui ne mérite aucune pitié.

Et l'abeille, ma petite abeille si diligente, avait porté dans sa pelisse un de ces êtres jaunes. Mais, lorsque l'araignée l'avait fait tournoyer au bout de ses fils, il s'était détaché et était tombé dans la toile, et voilà que le grand chasseur jaune-rouge s'approcha et lui fit une piqûre avec son dard à venin, le transformant rapidement en une peau vide.

Quand la petite abeille revint, son bourdonnement me parut un hymne à la vie.

« Ô belle vie ! disait-elle. Je te remercie de m'avoir assigné pour tâche le joyeux travail dans les roses et le soleil. Je te remercie de m'avoir rendue capable d'en jouir sans peur et sans souci. Je n'ignore pas que des araignées tendent leurs pièges, que des coléoptères guettent l'occasion de nous piller, mais à moi sont dévolus le gai labeur et la courageuse insouciance. Ô belle vie, existence merveilleuse ! »

# La trêve de Dieu

Il y avait une fois une vieille maison de ferme. C'était la veille de Noël. Le ciel bas annonçait une forte chute de neige et le vent du nord soufflait avec rage.

L'après-midi tirait à sa fin. À cette heure, les gens de la ferme étaient pressés d'en finir avec leur travail et d'aller se baigner. Déjà, dans la maison de bain, on chauffait si fort que la flamme s'échappait par la cheminée et que le vent emportait des étincelles et des nuages de suie, qui retombaient sur les toits couverts de neige des communs.

La flamme dressée au-dessus de la cheminée comme une colonne de feu annonçait à tous que Noël était proche.

La servante, qui savonnait le vestibule, se mit à fredonner une chanson, bien que son eau gelât dans le baquet posé à côté d'elle. Les garçons qui, dans la remise, fendaient les bûches de Noël, commencèrent à en fendre deux d'un coup, tout en brandissant leurs haches si joyeusement qu'on eût dit que leur travail était un jeu.

Une vieille femme sortit du magasin à provisions. Elle portait dans ses bras un énorme tas de gâteaux ronds et dorés. Elle traversa lentement la cour, pénétra dans la maison et entra, presque solennellement, dans la grande salle, où elle posa sa charge sur le banc, le long du mur. Puis elle étendit une nappe sur la table et y disposa les gâteaux par places, deux à la fois, un grand et un petit.

La vieille était d'une laideur frappante. Elle avait les cheveux roux, de lourdes paupières et une raideur si étrange de la bouche et du menton qu'elle semblait avoir les tendons du cou atrophiés. Mais, ce soir de Noël, son visage respirait une telle paix, une telle joie, qu'on ne s'apercevait plus du tout de sa laideur.

Il y avait cependant une personne à la ferme qui n'était pas contente. C'était la jeune fille chargée de faire les verges de branches de bouleau, dont on devait se servir après le bain. Elle était assise près de la cheminée et devant elle, sur le plancher, s'amoncelaient les rameaux flexibles. Mais il lui manquait des liens solides pour lier ses branches.

La grande salle avait une longue fenêtre basse, garnie de petites vitres au travers desquelles passait la lumière de la maison de bain. Les rayons jouaient sur le plancher et jetaient des reflets d'or sur les branches de bouleau. Mais, plus la flamme brillait, plus la jeune fille se sentait malheureuse. Elle savait qu'il suffirait de toucher les verges pour faire s'éparpiller les rameaux. Elle serait forcée de subir les railleries de tous, au moins jusqu'à ce qu'une nouvelle flambée de Noël passât par la cheminée.

Comme elle restait là à se désoler, celui qu'elle craignait plus que tous les autres entra dans la chambre. C'était Ingvar Ingvarsson, le maître de maison lui-même. Il venait certainement de la maison de bain, où il s'était assuré que l'on chauffait suffisamment. Le voilà qui voulait voir où en était son travail.

Il était vieux, Ingvar Ingvarsson, et il aimait les vieilles choses, et les vieux usages.

On était en train de perdre l'habitude de se baigner dans la maison de bain et de se faire fouetter ensuite avec des branches de bouleau, et tout juste pour cette raison, le vieux paysan attachait une grande importance à ce que ce fût fait chez lui, et bien fait.

Ingvar Ingvarsson portait une vieille pelisse doublée de mouton, une culotte de peau et de grosses bottes.

Sale et mal rasé, son allure lente, la manière silencieuse qu'il avait d'entrer dans la maison auraient pu le faire prendre pour un mendiant. Il ressemblait aussi à sa femme par la laideur des traits ; car ils étaient parents. Mais la jeune servante avait appris de bonne heure à respecter tous ceux qui avaient cet aspect-là.

C'était, en effet, un grand honneur que d'appartenir à la vieille famille des Ingvarsson, qui avait toujours été la première du village. Un honneur plus grand encore d'être Ingvar Ingvarsson lui-même, l'homme le plus riche, le plus avisé, le plus puissant de la paroisse.

Ingvar Ingvarsson s'approcha de la jeune fille et se pencha pour regarder les verges déjà prêtes. Il en prit une et la brandit au-dessus de sa tête. Aussitôt les rameaux détachés volèrent de tous côtés ; l'un d'eux tomba sur la table mise, et l'autre se prit dans le ciel de lit.

« Hé ! petite, dit le vieillard en riant, crois-tu donc que ceux qui se baignent chez Ingvarsson vont se servir de verges pareilles ? »

La jeune fille reprit courage en voyant que le maître de maison ne songeait qu'à plaisanter. Elle répondit qu'elle saurait bien faire tenir ses verges pourvu qu'on voulût lui procurer des liens solides pour les nouer convenablement.

« Le père va t'en faire apporter, ma petite », dit Ingvar Ingvarsson, qui se sentait dans la véritable disposition d'esprit de Noël.

Il sortit donc de la grande salle, enjamba la servante au baquet, et s'arrêta sur le seuil de la maison, espérant trouver quelqu'un qu'il chargerait de la commission.

Mais ses valets n'avaient pas fini de fendre leurs bûches, son fils revenait de la grange portant la botte de paille de la crèche, ses deux gendres étaient occupés à ranger tout ce qui traînait dans le hangar afin que la cour de la ferme, elle aussi, prît un air de fête. Personne n'avait le temps de s'éloigner de la maison.

Le vieillard résolut de s'y rendre lui-même. Il traversa la cour obliquement comme s'il allait vers l'étable, regarda de tous côtés pour être bien sûr de n'avoir attiré l'attention de personne, puis tourna avec précaution le mur de la basse-cour, derrière lequel un chemin à peu près frayé montait vers la forêt. Ingvar Ingvarsson jugeait inutile de dire où il allait. Peut-être bien que son fils ou ses gendres l'auraient prié de rester chez lui. Or, les vieilles gens aiment à en faire à leur tête.

Ingvar Ingvarsson suivit donc le chemin qui, passant par le petit bois de sapins, menait à la plantation de bouleaux. Là, il quitta les traces et s'engagea dans la neige épaisse pour trouver des rejetons de bouleaux nouveaux de l'année.

À ce même moment, le vent menait à bien l'entreprise à laquelle il s'était appliqué tout le jour : il réussissait enfin à arracher aux nuages la neige dont ils étaient chargés. Le voici qui se précipitait sur la forêt, suivi d'une longue traînée de flocons blancs.

Ingvar Ingvarsson se baissait pour couper un rejeton de bouleau, lorsque l'ouragan arriva avec son écrasant fardeau de neige. Quand le vieillard se releva, un souffle froid lui envoya une masse de flocons en plein visage. Ses yeux furent remplis de neige et le vent tourbillonnait autour de lui de telle façon qu'il dut lui-même tourner en rond plusieurs fois de suite.

Au fond, tout le malheur vint de ce qu'Ingvar Ingvarsson était vieux. Au temps de sa jeunesse, il n'aurait jamais été étourdi par une tempête de neige. Mais, à présent, il se sentait pris de vertige, comme s'il avait dansé la polka de Noël.

Et, lorsqu'il voulut s'en retourner chez lui, il s'engagea dans une mauvaise direction.

Il entra dans la forêt de sapins qui se trouve derrière la plantation de bouleaux, au lieu de descendre vers la ferme.

La nuit tombait rapidement. Tant que le vieillard resta sur le bord de la forêt parmi les jeunes arbres, la tempête continuait à souffler avec violence, et il pouvait bien voir qu'il était au milieu des sapins, mais non se rendre compte qu'il s'égarait ; car il y avait aussi des sapins, près du bois de bouleaux, sur la pente qui menait vers la ferme. Peu à peu, au fur et à mesure qu'il s'enfonçait dans l'épaisseur de la forêt, le calme et le silence se firent autour de lui. Il n'entendait plus les hurlements du vent ; les arbres qui l'entouraient étaient de plus en plus élevés, leurs troncs de plus en plus gros. Alors Ingvar Ingvarsson s'aperçut qu'il avait pris une direction fausse et voulut revenir sur ses pas.

Mais, stupéfait et furieux de s'être égaré ainsi, et de se sentir seul dans la forêt sauvage, il ne retrouva pas assez de sang-froid pour s'orienter. Il essaya plusieurs directions opposées, puis, lorsqu'il eut l'idée de suivre ses propres traces, l'obscurité l'empêcha de les distinguer.

La forêt s'épaississait toujours, et le vieux paysan ne tarda pas à s'apercevoir que ses efforts n'aboutissaient qu'à le mener plus loin. Était-il donc ensorcelé pour se voir forcé de parcourir cette forêt durant la soirée entière et ne pouvoir rentrer à temps pour le bain ?

Il mit son bonnet à l'envers et refit le nœud de sa jarretière afin de rompre le charme ; mais le trouble de ses idées persistait.

Quand la nuit fut tout à fait tombée, il commença à craindre de devoir rester dans la forêt jusqu'au matin.

Il s'appuya contre un tronc de sapin et demeura immobile quelques instants pour s'obliger à réfléchir. Cette forêt-là lui était familière ; il y était venu si souvent qu'il en connaissait chaque arbre en particulier. Déjà, quand il était petit garçon, il venait ici faire paître ses moutons ou poser des pièges pour les oiseaux.

Dans sa jeunesse, il avait vu abattre la forêt. Il avait vu ses grands troncs étendus sur le sol. Puis il avait vu repousser une forêt nouvelle.

Il crut alors reconnaître l'endroit où il se trouvait, et il se dit qu'il ne pourrait manquer de retrouver sa route en passant par ici et par là. Mais non, quoi qu'il fît, il s'égarait davantage.

Il lui arriva de sentir la terre dure sous ses pieds, et il comprit qu'il marchait sur un vrai chemin. Aussi essaya-t-il de le suivre, car un chemin, n'est-il pas vrai, mène toujours quelque part ; ce chemin-là aboutissait à une clairière où le vent avait eu le champ libre. La neige s'y était amoncelée par grandes masses. On y enfonçait à chaque pas.

Le vieillard perdit courage. Qu'il se sentait donc pauvre et misérable dans cet endroit perdu, exposé à une mort certaine !

À force d'errer dans la neige, il était accablé de fatigue, et à tout instant il se voyait obligé de s'asseoir sur une pierre pour se reposer.

Dès qu'il s'arrêtait cependant, le sommeil le terrassait. Or, il savait bien que, s'il se laissait aller, il ne tarderait pas à mourir de froid. Il tenta donc de marcher encore, c'était le seul moyen qui lui restât de se sauver. Mais la fatigue était la plus forte ; il pouvait à peine résister au désir de s'asseoir, et il en vint à penser que, pourvu qu'il pût se reposer, il ne se soucierait plus de payer ce repos de sa vie.

Il éprouvait un si grand bien-être à rester assis ! La pensée de la mort ne l'inquiétait plus.

C'est avec une sorte de joie qu'il se représentait le long éloge funèbre qu'on lirait à l'église à son enterrement. Il se rappelait les belles paroles que le vieux pasteur avait prononcées à la mort de son père. Certes, on dirait aussi de belles choses sur son compte. On dirait qu'il avait possédé la ferme la plus ancienne du village ; on dirait aussi que c'est un grand honneur d'appartenir à une famille respectable. Et puis, on parlerait de la responsabilité...

C'était vrai qu'un Ingvarsson devait porter la responsabilité de ses actes. Il était engagé d'honneur à tenir jusqu'au bout, s'il le fallait...

Mais tout à coup, une pensée fit tressaillir le vieux paysan. Serait-ce donc si honorable d'être trouvé mort de froid dans la forêt ? Voilà qui ferait tache dans l'éloge funèbre. Ingvar Ingvarsson rougirait qu'on en fît mention... Il se releva à la hâte et reprit sa marche. Il était resté immobile si longtemps qu'il eut peine à secouer la neige qui couvrait sa pelisse.

Un instant plus tard, il était encore assis à rêver. La pensée de la mort s'imposait à lui avec une grande douceur.

Il voyait d'avance son enterrement et les honneurs que l'on rendrait à son cadavre.

Il voyait la table mise pour le repas funèbre dans la grande salle d'apparat de l'appartement du premier étage. Le pasteur et sa femme seraient assis à la place d'honneur ; puis il y aurait le notaire avec son jabot blanc sur sa poitrine étroite ; la commandante porterait sa robe de soie noire, et une chaîne d'or à plusieurs rangs de maillons autour du cou.

Il voyait toutes les pièces de la maison tendues de blanc. Des draps blancs aux fenêtres, des housses blanches sur les meubles.

Depuis la maison jusqu'à l'église, la route serait jonchée de branches de sapin.

Cinq jours avant l'enterrement, on préparerait des pâtisseries, on abattrait des bêtes en grand nombre, on brasserait la bière, on ferait la lessive. Il faudrait au moins vingt cordées de bois pour chauffer la maison.

Le corps reposerait sur le catafalque, dans la grande chambre. Les cheminées où l'on ne faisait pas de feu habituellement fumeraient toutes. On chanterait des cantiques funèbres au moment de la fermeture du cercueil, dont le couvercle serait orné de plaques d'argent. Toute la ferme serait pleine d'invités.

Les habitants du village seraient en grand émoi pour l'organisation du cortège. On brosserait les chapeaux de cérémonie ! Toute l'eau-de-vie de l'automne disparaîtrait au repas funèbre. Les routes fourmilleraient de monde, comme aux jours de marché...

Le vieillard se releva encore une fois. Il avait entendu les paroles échangées à son sujet durant le repas : « Comment a-t-il pu se faire geler ainsi ? disait le notaire. Qu'avait-il donc à faire dans les profondeurs de la forêt ? »

Et le capitaine répondrait que la bière de Noël et l'eau-de-vie devaient être cause du malheur.

Ces propos avaient de quoi réveiller le vieux. Les Ingvarsson étaient connus pour leur sobriété. On ne dirait pas de lui qu'il s'était mis à déraisonner à sa dernière heure. Il tenta donc d'aller à nouveau de l'avant, mais il était si fatigué que c'est à peine s'il tenait debout. Il devait avoir atteint le sommet de la forêt, car autour de lui s'étendait un terrain raboteux parsemé de gros rochers. Il ne s'en trouvait pas de semblables plus bas.

Le pied du vieil Ingvar se prit entre deux pierres, et il ne le retira qu'avec de grandes difficultés.

À bout de courage, il se mit à gémir sur son sort. C'en était fait de lui.

Au même instant, il buta contre un grand tas de branchages et il tomba à la renverse. La neige et les branches amortirent sa chute, de sorte qu'il ne se fit aucun mal ; cependant, il n'eut plus la force de se relever. Écartant un peu les branches, il se glissa par-dessous comme sous une couverture.

En allongeant son corps, il sentit le contact de quelque chose de doux et de chaud. « Ce ne peut être qu'un ours endormi », se dit-il. L'animal fit un mouvement, et l'homme l'entendit qui flairait le sol autour de lui. Le vieillard retenait son souffle. Il s'attendait à ce que l'ours le saisît pour le dévorer à l'instant même, mais il était incapable de faire un mouvement, fût-ce au prix de sa vie.

L'ours, cependant, ne chercha pas à faire du mal à celui qui venait chercher abri sous son toit par cette nuit de tempête. Il se traîna un peu plus loin dans sa tanière, comme pour faire place à son hôte ; peu après, il s'endormait à nouveau d'un sommeil égal et paisible.

Pendant ce temps, il n'y avait guère de joie de Noël à la vieille ferme des Ingvarsson.

On avait cherché le maître durant toute la soirée. D'abord dans la maison, puis dans les communs ; on avait couru de la cave au grenier.

Ne trouvant personne, les fils et les gendres étaient allés dans les champs et les prés.

On alluma la torche de résine destinée à éclairer la route de ceux qui iraient à l'église pour le service matinal de Noël, et on la promena dans la tempête qui faisait rage, le long des chemins et même des moindres sentiers aux environs de la ferme. Le vent avait effacé toutes les traces, ses hurlements dominaient les cris et les appels.

Les recherches se poursuivirent jusqu'à minuit, mais alors tout le monde se rendit compte qu'il faudrait attendre le jour pour retrouver celui qui avait disparu.

Aux premières lueurs grisâtres de l'aube, chacun était debout à la ferme, et les hommes tout équipés se disposaient à se rendre dans la forêt. Mais, au moment où ils allaient partir, la vieille maîtresse de maison les fit entrer dans la grande salle et les pria de s'asseoir sur les bancs le long du mur. Elle-même prit place à la table, dressée pour Noël, où elle avait posé la Bible et se mit à lire la Parole de Dieu.

Après de pénibles recherches sur ce qui conviendrait le mieux aux circonstances, elle s'arrêta à l'histoire de l'homme qui allait de Jérusalem à Jéricho et était tombé entre les mains des voleurs.

Elle lut lentement et d'une voix chantante la parabole du bon Samaritain qui était venu au secours du malheureux dans la détresse.

Les fils et les gendres, les filles et les brus l'écoutaient, assis autour d'elle. Ils lui ressemblaient et se ressemblaient entre eux ; grands et lourds, avec des visages laids et intelligents, ils appartenaient tous à la vieille race des Ingvarsson. Tous avaient les cheveux roux, la peau couverte de taches de son, les yeux bleu clair et les cils presque blancs.

Il y avait évidemment entre eux des différences, mais l'expression sévère des lèvres, l'air endormi, les mouvements lents et comme difficiles leur étaient communs. En dépit de leur apparence, on ne pouvait manquer de s'apercevoir que c'étaient des gens considérables et qu'ils se savaient supérieurs aux autres habitants du village.

Tous les fils et les filles d'Ingvar poussaient de grands soupirs au cours de la lecture biblique. Ils se demandaient si quelque bon Samaritain avait trouvé le vieux paysan et avait pris soin de lui. Lorsqu'un malheur frappait l'un des membres de la race des Ingvarsson, il semblait à tous les autres que leur propre âme était en détresse.

La vieille femme continuait à lire. Elle arriva au passage suivant : « Lequel te paraît avoir été le prochain de celui qui était tombé entre les mains des brigands ? »

Mais, avant qu'elle n'eût fini, la porte s'ouvrit, et le vieil Ingvar entra dans la pièce.

– Mère, voici le père, cria une des filles, et on ne lut jamais que le prochain du malheureux avait été celui qui avait exercé envers lui la miséricorde.

Un peu plus tard dans la journée, la maîtresse de maison, encore assise à la même place, avait la Bible ouverte devant elle. Elle restait seule, les femmes s'étaient rendues à l'église et les hommes chassaient l'ours dans la forêt. Aussitôt après s'être restauré, Ingvar Ingvarsson avait emmené ses fils à la chasse à l'ours. Car il en est ainsi : l'homme considère comme de son devoir d'abattre l'ours, en quelque lieu qu'il le rencontre. On ne songe même pas à ménager un ours ; tôt ou tard, l'ours prend goût à la chair, et alors c'est lui qui ne ménage ni homme ni bête.

Mais, depuis le départ des hommes, la vieille maîtresse de maison avait senti l'angoisse l'envahir de plus en plus, et elle s'était remise à lire. Cette fois, elle lisait le texte sur lequel le pasteur allait prêcher à l'église. Mais elle n'alla pas au-delà des paroles : « Paix sur la terre, bonne volonté parmi les hommes ! » Elle restait assise, fixant de ses yeux éteints les caractères sacrés. De temps en temps, un soupir s'échappait de sa poitrine oppressée. Elle ne lisait plus, mais répétait sans cesse de sa voix traînante : « Paix sur la terre, bonne volonté parmi les hommes ! »

Son fils aîné entra dans la chambre comme elle parlait encore.

« Mère », dit-il très bas.

Elle l'entendit, mais ne détourna pas les yeux de la Bible en lui demandant :

« N'es-tu pas allé avec les autres dans la forêt ?

– Si, répondit-il plus bas encore, j'y ai été.

– Viens plus près, dit-elle, que je te voie. »

Il s'approcha de la table et, lorsqu'elle le regarda, elle s'aperçut qu'il tremblait. Il fut obligé de se retenir à la table pour réprimer le tremblement de ses mains.

« Avez-vous tué l'ours ? » interrogea-t-elle encore.

Cette fois, il fut incapable de répondre, et dut se contenter de secouer la tête.

La vieille se leva et fit ce qu'elle n'avait plus fait depuis le temps où son fils était petit. Elle alla à lui et passa une main caressante sur son bras, puis sur sa joue, et l'attira sur le banc, où elle s'assit à côté de lui, tenant la main de son fils dans la sienne.

« Dis-moi ce qui s'est passé, mon petit. »

L'homme reconnut les caresses qui consolaient ses chagrins et ses détresses d'enfant, et il fut saisi d'une si vive émotion qu'il se mit à pleurer.

« Je vois bien qu'il est arrivé quelque chose au père, reprit-elle.

– Oui, mais c'est plus terrible que tu ne penses ! »

L'homme pleurait de plus en plus fort, il n'arrivait plus à proférer un son. À la fin, il leva sa rude main aux doigts carrés et désigna de son index le passage de l'Écriture sainte : Paix sur la terre.

« S'agit-il de cela ? demanda la mère.

– Oui, répondit-il.

– S'agit-il de la paix de Noël ?

– Oui.

– Et Dieu vous a punis ?

– Dieu nous a punis. »

Enfin, il put lui raconter les faits : ils avaient cherché le repaire de l'ours. Et, lorsqu'ils furent assez près pour voir le tas de branchages, ils s'arrêtèrent pour charger leurs fusils. Avant qu'ils ne fussent prêts, l'ours se précipita hors de sa tanière, droit sur eux. Il ne regardait ni à droite, ni à gauche. Il vint sans hésiter vers le vieil Ingvar et lui asséna un coup sur le crâne qui l'abattit comme s'il avait été frappé par la foudre. L'ours n'attaqua aucun des autres et, passant devant eux sans les regarder, il s'enfonça dans la forêt.

Dans l'après-midi, la femme d'Ingvar Ingvarsson et son fils allèrent au presbytère annoncer le décès. Le fils prit la parole ; la mère restait assise à l'écouter avec un visage immobile comme celui d'une statue.

Le pasteur était dans son fauteuil, près de la table à écrire. Il avait pris ses registres et inscrivait le décès. Il le faisait avec lenteur, voulant prendre le temps de réfléchir à ce qu'il allait dire à la veuve et au fils, car c'était là un cas inusité. Le fils avait raconté, sans détour, la suite des événements, mais le pasteur aurait voulu savoir comment la famille prenait la chose. Ils n'étaient pas comme tout le monde, ces gens de la ferme d'Ingvar.

Lorsque le pasteur ferma enfin le registre, le fils dit :

« Nous voulions aussi dire à monsieur le pasteur que nous ne désirons pas que l'on fasse l'éloge funèbre du père. »

Le pasteur remonta ses lunettes sur son front et regarda la vieille femme d'un air sévèrement interrogateur. Elle restait toujours impassible, tortillant seulement un peu le coin du mouchoir qu'elle tenait entre ses mains.

« Nous l'enterrerons un jour de semaine, continua le fils.

– Vraiment, vraiment », dit le pasteur.

La tête lui tournait. Comment ! Le vieil Ingvar Ingvarsson allait être déposé en terre sans que personne ne le sût ! Les fidèles n'entoureraient donc pas la tombe et n'admireraient pas la pompe de l'enterrement !

« Il n'y aura pas de repas funèbre. Nous l'avons fait savoir aux voisins, afin qu'ils ne s'attendent à rien.

– Vraiment, vraiment », répétait le pasteur.

Il ne trouvait rien d'autre à dire. Il savait ce que cela signifiait pour des gens pareils que de renoncer au repas funèbre. Il avait vu des veuves et des orphelins trouver une réelle consolation dans le fait d'avoir pu donner un repas funèbre somptueux.

« Nous n'aurons pas de cortège et serons seuls, mes frères et moi. »

Le pasteur se tourna vers la vieille femme comme pour l'appeler au secours.

Était-elle d'accord pour tout cela ? Il se demandait si le fils exposait réellement les désirs de sa mère. Elle restait là, se laissant dépouiller de tout ce qui devait lui être plus précieux que l'argent et l'or.

« Nous ne voulons pas qu'on sonne les cloches et que l'on orne le cercueil de plaques d'argent. La mère et moi sommes du même avis, mais nous désirions en parler à monsieur le pasteur pour savoir s'il ne pense pas que nous commettions une injustice envers le père. »

Alors, la femme parla à son tour.

« Voilà, nous désirons savoir si monsieur le pasteur pense que nous sommes injustes pour le père. »

Le pasteur continuait à se taire, et la femme reprit plus vivement :

« Il faut que je dise au pasteur que si mon mari avait offensé le roi ou le bailli, ou si j'avais dû le détacher de la potence, je lui aurais cependant fait un enterrement somptueux comme celui de son père avant lui. Car les Ingvarsson ne craignent personne et ne cèdent le pas à qui que ce soit. Mais à Noël, Dieu a voulu que la paix régnât sur la terre entre les animaux et les hommes. Cette pauvre bête a observé le commandement de Dieu, mais nous l'avons enfreint et c'est pourquoi Dieu nous punit. Il ne nous convient pas de faire dorénavant étalage de pompe et de magnificence. »

Le pasteur se leva et vint vers la vieille paysanne :

« Ce que vous dites est juste, dit-il, qu'il en soit fait selon votre volonté. » Et il ajouta involontairement, comme s'il se parlait à lui-même : « Les Ingvarsson sont de nobles cœurs. »

La femme se redressa légèrement à ces mots. Et, pendant un instant, le pasteur vit en elle comme le symbole de toute sa race. Il comprit ce qui, de siècle en siècle, avait fait de ces gens pesants et laconiques les chefs incontestés de la paroisse entière.

« Il appartient aux Ingvarsson de donner aux autres le bon exemple, reprit-elle. Il nous appartient de montrer que nous nous humilions devant Dieu. »

## L'antique Kungahälla

Si l'un de ceux qui ont entendu parler de l'ancienne ville de Kungahälla arrivait à l'endroit où elle s'élevait, il serait grandement étonné. Il se demanderait s'il est possible que des églises et des châteaux forts aient pu fondre comme neige ou si la terre les a engloutis.

Le voyageur est parvenu sur l'emplacement d'une puissante ville, et il ne trouve plus ni une rue ni un ponton. Il ne voit même pas d'amas de ruines ni de traces d'incendie. Seule, une gentilhommière entourée d'arbres verts et de dépendances peintes en rouge s'offre à ses regards, seuls des champs et des pâturages où, d'année en année, passe la charrue sans être arrêtée par les fondations de la ville ou par des cours pavées.

On peut bien se figurer que l'étranger descendra avant toute chose sur la berge du fleuve. Non qu'il s'attende à y voir de grands vaisseaux en partance pour les ports de la Baltique ou pour la lointaine Espagne. Mais il pourrait espérer rencontrer les vestiges des anciens chantiers de construction navale, des immenses hangars et des pontons. Il pense qu'il va retrouver un des grands fours où l'on faisait sécher le sel, il cherche les dalles usées de la rue qui menait au port. Mais où donc sont le ponton des Allemands, le ponton des Suédois, le ponton des pleureuses, du haut duquel les femmes de Kungahälla faisaient des signes d'adieu à leurs maris et à leurs fils qui partaient pour de longs voyages ?

Le voyageur, arrivé au bord du fleuve, ne distingue plus rien que le frémissement des roseaux. Un sentier défoncé descend jusqu'à l'embarcadère, auprès duquel se balancent quelques canots à rame et un petit bac plat, qui va transporter une charrette de paysans sur l'autre rive vers Hissingen. Nul bâtiment d'importance ne remonte lentement le fleuve ; on n'aperçoit même pas au fond des eaux la carcasse noire d'un seul navire. Comme le port n'a rien d'extraordinaire à lui montrer, le voyageur cherche fortune du côté de la célèbre éminence du couvent. Peut-être y trouvera-t-il les restes des fortifications et des murailles qui l'entouraient au temps passé. Peut-être verra-t-il le haut donjon et les longs bâtiments du monastère. Il se dit sans doute que tout au moins, en ce lieu, subsisteront quelques débris de la magnifique église conventuelle, où l'on conservait la croix miraculeuse apportée de Jérusalem.

Il songe aux innombrables monuments de ces collines sacrées dont la renommée dépassait celle de tous les autres lieux célèbres du Nord, et une joyeuse attente fait battre son cœur. Mais, en arrivant au sommet de l'éminence qui se dresse au-dessus des champs, il ne voit que des arbres qui murmurent au vent. Il ne trouvera ni murailles, ni donjons, ni bâtiments à pignons percés de fenêtres en ogives. Des bancs et des chaises de jardin, disposés sous les arbres, s'offrent à ses regards au lieu d'un cloître à colonnes ou de pierres tombales sculptées.

N'ayant rien trouvé au monastère, il se peut que le voyageur poursuive ses recherches du côté du vieux domaine royal, songeant aux vastes salles dont Kungahälla tirait son nom. Qui sait s'il ne découvrira pas un reste de l'énorme charpente, des murs ou des caves profondes creusées au-dessous de la salle de réception des rois de Norvège ? Le voyageur songe à la pelouse de verdure unie, où les rois caracolaient sur des poulains aux sabots d'argent et où les reines allaient traire des vaches aux cornes d'or. Il songe aux chambres hautes des jeunes filles, à la buanderie, aux chaudrons fumants, à l'immense cuisine où l'on mettait un demi-bœuf à cuire dans la marmite et des cochons entiers à tourner à la broche. Il songe aux cabanes des serfs, aux fauconneries, aux magasins à provisions, à toutes les constructions qui, en file serrée, couvraient le domaine, maisons aux toits couverts de mousse, maisons ornées de têtes de dragon. Une telle quantité de bâtiments ne peut avoir disparu sans laisser de trace, songe-t-il.

Mais, lorsqu'il s'informe du domaine royal, on le conduit à un château à véranda vitrée et jardin d'hiver. Les sièges d'honneur n'existent plus, ni les cornes à boire serties d'argent, ni les boucliers tendus de peaux de bœuf. On ne peut même pas lui montrer le terre-plein uni où poussait une herbe courte et serrée et que traversaient d'étroits sentiers tracés dans la terre noire. Il est en présence d'une plantation de fraises et d'une roseraie ; il voit des enfants rieurs et des jeunes filles qui jouent sous les pommiers et les poiriers. Il ne voit pas de guerriers luttant entre eux ni de nobles seigneurs jouant au volant.

Peut-être le voyageur s'informera-t-il du chêne de la place, sous lequel les rois réunissaient l'assemblée et autour duquel se dressaient les douze pierres du tribunal. Ou bien de l'avenue qui, prétendait-on, était longue de dix kilomètres, ou encore des riches demeures des marchands, séparées les unes des autres par de sombres ruelles. Toutes avaient leurs pontons privés et leurs propres hangars à bateaux sur le fleuve.

Peut-être demandera-t-il ce qu'est devenue l'église Sainte-Marie, à laquelle les marins offraient de petits navires tout gréés, et les affligés de menus cœurs d'argent.

Mais il n'y a rien à lui montrer. Les vaches et les moutons paissent là où passait la grande avenue. Le seigle et l'avoine croissent sur la place, les écuries et les étables s'élèvent sur les lieux où la foule se pressait autrefois autour des échoppes des marchands.

Sans aucun doute, tout cela attristera fortement le voyageur. « Ne reste-t-il donc plus rien, dira-t-il, n'a-t-on donc rien à me faire voir ? »

Et peut-être croira-t-il qu'on l'a trompé. Il pensera que la grande ville de Kungahälla n'existait pas en cet endroit, mais dans un autre.

Alors, on le conduira au bord du fleuve et on lui montrera un bloc de rocher grossièrement taillé ; on grattera la couche de lichen gris afin qu'il puisse distinguer les dessins tracés sur la pierre.

Il n'en comprendra pas le sens, qui restera aussi indéchiffrable pour lui que les taches de la lune, mais on lui assurera que ces dessins représentent un navire et un élan et qu'ils ont été tracés jadis en souvenir de la fondation de la ville.

Et, puisqu'il continuera à n'y rien comprendre, on lui expliquera la signification des dessins rupestres.

# La reine des bois

Marcus Antonius Poppius était un marchand romain très considéré. Il faisait du commerce avec les pays lointains, il envoyait ses trirèmes depuis le port d'Ostie jusqu'en Espagne, en Bretagne et même jusque sur les côtes de la Germanie du Nord. La chance lui souriait et il amassait des richesses inouïes, qu'il se réjouissait de laisser en héritage à son fils unique. Malheureusement, ce fils n'avait pas les capacités de son père. Hélas, le monde entier sait ce qu'il en est souvent du fils unique d'un homme riche. Faut-il en dire davantage ? De tout temps, ç'a été la même histoire.

On pourrait croire que les dieux affligent les riches de ces rejetons fainéants, incapables, faibles, imbéciles, sans énergie, rien que pour montrer à l'humanité la folie d'amasser des richesses. Quand donc les hommes ouvriront-ils les yeux ? Quand donc prêteront-ils l'oreille aux avertissements divins ?

À vingt ans, le jeune Silvius Antonius Poppius avait déjà fait l'expérience de toutes les jouissances de la vie. Il laissait volontiers entendre qu'il en était las. Néanmoins, il ne montrait aucune disposition à se départir de l'ardeur avec laquelle il les poursuivait. Bien au contraire, un violent désespoir s'empara de lui lorsque, tout à coup, il fut la proie d'une malchance singulièrement persistante, qui troubla sa vie de plaisir. Ses chevaux numides se mirent à boiter la veille des plus importantes courses de l'année. On découvrit ses coupables liaisons amoureuses. Son cocher le plus adroit mourut de la malaria.

Cette succession d'événements malheureux suffit à briser un caractère que n'avaient pas aguerri le travail et les efforts. Le jeune Poppius se sentit si malheureux qu'il résolut de se donner la mort. Il paraissait croire que c'était là le seul moyen de défier ces dieux de la guigne qui le poursuivaient, faisant de sa vie une perpétuelle souffrance.

Il est aisé de comprendre un malheureux qui se suicide pour fuir la persécution des hommes, mais non pas de comprendre un fou comme Silvius Antonius, qui use d'une pareille échappatoire pour se soustraire aux dieux. On songe forcément à l'anecdote célèbre de cet homme qui ne trouva rien de mieux, pour se sauver des griffes d'un lion, que de se jeter dans la gueule béante du monstre.

La faiblesse de caractère du jeune Poppius était trop grande pour qu'il choisît une mort sanglante. Encore moins les souffrances du suicide par le poison lui plaisaient-elles. Après avoir pesé le pour et le contre, il se décida à mourir de la douce mort qu'on trouve dans les flots. Mais, arrivé au bord du Tibre pour s'y noyer, il ne put se résoudre à livrer son corps aux eaux bourbeuses et paresseuses du fleuve.

Il resta un long moment immobile, ses regards fixés sur les vagues. Et soudain la puissance démoniaque et mystérieuse qui plane rêveusement sur les eaux se saisit de lui. Il se sentit embrasé du désir sacré de voir la mer, désir qu'ont connu tous les voyageurs inquiets de la terre.

« Je veux mourir dans une mer bleue et transparente, que les rayons du soleil pénètrent jusque dans ses profondeurs, dit Silvius Antonius. Mon corps reposera sur un lit de corail rose. Les remous qui naîtront de ma chute seront couverts d'écume blanche et lumineuse, ils ne ressembleront point à cette mousse noirâtre qui stagne et frémit près de la berge du fleuve. »

Silvius Antonius se hâta de rentrer chez lui, il attela son char et se rendit à Ostie. Il savait que l'un des vaisseaux de son père se balançait, prêt à partir, dans le port. Le jeune Poppius fit galoper ses chevaux ventre à terre et eut la chance de pouvoir monter à bord à l'instant même où on levait l'ancre.

Inutile de dire qu'il n'avait pas jugé nécessaire d'emporter de bagages. Il ne se soucia même pas de demander au capitaine la destination du navire. De toute façon, celui-ci se dirigeait vers le large, et cela suffisait à Silvius Antonius.

Le jeune aspirant au suicide ne fut pas long à apercevoir ce qu'il désirait. La trirème, ayant quitté l'embouchure du fleuve, la Méditerranée s'étendit aux yeux de Poppius, bleue et tout étincelante, sous les rayons du soleil. Elle était si belle que le jeune homme fut porté à ajouter foi aux dires des poètes, selon lesquels les ondulations de la houle ne sont qu'un voile léger jeté sur un monde merveilleux. Il pensa que les poètes avaient raison en prétendant que le château de perle des dieux apparaît à celui qui vaillamment ose forcer les flots.

Le jeune homme se félicitait d'avoir choisi ce genre de mort. En somme, ce n'était pas une mort, il semblait impossible de croire que l'on pouvait mourir dans ces belles vagues. Ce n'était qu'une voie d'accès à un monde dont les jouissances ne seraient plus trompeuses et ne seraient plus suivies de lassitude et de dégoût. Mais le pont où il se trouvait était plein de matelots, et Silvius Antonius devinait que, s'il se jetait à la mer en cet instant, il s'ensuivrait tout simplement que l'un des valeureux matelots de son père se jetterait à sa suite pour le repêcher.

Ccpendant, dès que l'on eut hissé les voiles et que les rameurs se furent mis en train, le capitaine s'approcha de Silvius Antonius avec la plus grande politesse et lui dit :

« Est-il donc vrai, Silvius, que ton intention est de me suivre en Germanie ? Tu me fais là beaucoup d'honneur. »

Le jeune Poppius se rappela tout à coup que le capitaine ne revenait jamais de ses voyages sans lui rapporter quelque souvenir extraordinaire du pays des barbares qu'il avait visité. Il lui avait fait cadeau des morceaux de bois dont les sauvages tiraient du feu, de grandes cornes de bœuf dont ils se servaient pour boire et d'un collier de dents d'ours qui avait constitué la marque distinctive de la puissance d'un grand chef.

Cet excellent homme rayonnait de satisfaction d'avoir le fils de son maître à son bord. Il voyait une preuve nouvelle de la sagesse du vieux Poppius dans sa décision d'envoyer son fils connaître les pays lointains, plutôt que de le laisser fréquenter la jeunesse oisive de Rome et y apprendre la mollesse.

Le jeune Poppius ne le détrompa point. Il craignait que le capitaine, s'il eût connu ses intentions, ne refît immédiatement voile pour Rome.

« Bien sûr, Galenas, dit-il, je ferais volontiers ce voyage avec toi, mais j'ai peur de devoir te prier de me déposer à Baja. Ma résolution a été prise trop tard. Tu me vois sans bagages et sans argent... »

Mais Galenas l'assura de l'inutilité de renoncer à son voyage pour une question aussi facilement remédiable. Ne se trouvait-il pas sur un des vaisseaux richement équipés de son père ? Il n'aurait à se priver ni de vêtements chauds doublés de fourrure, si le climat devenait rigoureux, ni de tuniques légères, en tissus syriens, tels qu'en portaient les marins quand, par beau temps, ils croisaient dans un archipel clément.

Trois mois après son départ d'Ostie, les rameurs de la trirème la dirigeaient au milieu d'îlots rocheux. Ni le capitaine, ni l'équipage ne se rendaient compte de l'endroit où ils se trouvaient, mais ils se sentaient heureux d'être pour un moment à l'abri des tempêtes qui faisaient rage au large. On aurait vraiment pu croire que Silvius Antonius avait raison en prétendant qu'un dieu le persécutait. Personne, sur la trirème, n'avait fait un pareil voyage. Les malheureux matelots se disaient entre eux que, depuis le départ d'Ostie, ils n'avaient pas eu deux beaux jours. Une tempête en chassait une autre. Exposés à des souffrances inouïes, tourmentés par la faim et par la soif, presque malades de sommeil, il leur fallait malgré tout ramer et s'occuper des voiles.

Leur mécontentement s'augmentait de l'impossibilité de faire du commerce. Comment approcher d'un rivage pour y faire étalage de leurs marchandises sur la grève et pratiquer des échanges par un temps pareil ?

Dès qu'ils voyaient émerger une côte hors de cette grisaille uniforme de la pluie qui les enveloppait, ils donnaient de forts coups de rames vers le large de peur d'être brisés sur les rochers. Une nuit, le navire toucha un écueil et on dut jeter la moitié de la cargaison à la mer. Il y avait lieu de craindre qu'elle ne fût entièrement détériorée elle aussi, après les trombes d'eau qui s'étaient abattues sur le navire.

Les dieux marins ne favorisaient guère Silvius Antonius. Celui-ci, d'ailleurs, ne s'était pas noyé. Il vivait encore.

Il n'est pas possible d'expliquer pourquoi il prolongeait une existence qui ne devait pas être plus agréable maintenant qu'au jour où il s'était décidé à l'abréger. Peut-être avait-il espéré que la mer s'emparerait de lui, sans qu'il eût besoin d'agir lui-même. Peut-être n'aimait-il plus cet océan furieux, peut-être avait-il décidé de mourir dans l'eau aux reflets verts et doucement parfumée de sa baignoire de marbre.

Mais, si Galenas et ses hommes savaient pourquoi le jeune Poppius était monté à bord, ils devaient regretter amèrement qu'il n'eût pas mis ses projets à exécution, car ils étaient tous persuadés que sa seule présence causait leur malchance. Galenas avait même craint de voir, au cours d'une nuit sombre, l'équipage se jeter sur le fils de leur patron, pour le précipiter à la mer. Certains matelots disaient avoir aperçu, pendant les sinistres tempêtes, des mains noires se dresser hors des flots pour se tendre vers le navire. Point n'était besoin, à leur avis, de tirer au sort pour découvrir celui que ces mains voulaient attirer vers les profondeurs. Tant le capitaine que les matelots faisaient à Silvius Antonius le singulier honneur de croire qu'à cause de lui les ouragans balayaient les airs et agitaient les flots.

Si, durant ce temps, Silvius Antonius s'était comporté comme un homme, s'il avait réclamé sa part de travail et de vigilance, peut-être quelqu'un de ses compagnons l'aurait-il pris en pitié, comme un malheureux qui s'est attiré la colère des dieux.

Mais le jeune homme n'avait pas su gagner leur sympathie. Il n'avait pensé qu'à se mettre à l'abri du vent et à tirer de la cargaison des fourrures et des couvertures pour se protéger du froid.

Pour l'instant cependant, toutes les violentes récriminations concernant sa présence à bord avaient cessé. Elles s'étaient tues dès que la tempête avait réussi à pousser le navire entre la ceinture d'îlots, de même que les aboiements d'un chien de garde s'arretent quand le troupeau s'engage sur le bon chemin menant à l'étable.

Le soleil et la chaleur agissaient comme une boisson enivrante sur ces hommes que la tempête avait pourchassés. Au lieu d'aspirer au repos et au sommeil, ils se sentaient gais, tels des enfants réjouis par la lumière du matin. L'espoir montait en eux de nouveau. Derrière cette masse d'îlots rocheux, ils s'attendaient à trouver une importante terre ferme et à rencontrer des hommes. Qui sait si, sur cette côte étrangère qui n'avait peut-être jamais été visitée auparavant par un navire romain, leurs marchandises ne s'écouleraient pas facilement ? Et, au bout du compte, ils réussiraient peut-être à faire des échanges avantageux et à remplir la cale de belles peaux d'ours et d'élans et d'une grande quantité de cire blanche et d'ambre jaune.

Pendant que la trirème avançait parmi les îlots de plus en plus vastes et couverts d'un riche manteau de verdure et de bois, on se hâta de la parer, afin qu'elle attirât les regards des barbares. Le vaisseau qui, même sans ornements, comptait parmi les plus belles constructions humaines put bientôt rivaliser de splendeur avec les oiseaux au brillant plumage. Récemment encore battu des vents et tout démonté, il portait à présent à son grand mât une flèche d'or et ses voiles merveilleuses étaient de pourpre.

À la proue se dressait la splendide statue de Neptune et, à la poupe, on avait élevé une tente faite de tissus de soie bigarrée. Ne croyez pas que l'équipage eût négligé d'étendre sur le bastingage des tapis dont les franges traînaient sur les flots, ou d'entourer les rames de rubans dorés.

Les matelots ne conservèrent pas non plus les vêtements imprégnés de sel marin qu'ils avaient portés durant le voyage et que la tempête et l'eau de mer s'étaient efforcées de transformer en guenilles. Ils revêtirent des tuniques blanches, s'entourèrent d'écharpes de pourpre et posèrent sur leurs cheveux des couronnes brillantes.

Même Silvius Antonius, oubliant sa paresse, parut se réjouir de trouver enfin une occupation à laquelle il s'entendait. Il se fit tondre la barbe, couper les cheveux et enduire le corps d'essences parfumées. Puis il revêtit une tunique descendant jusqu'à terre, fixa un manteau à son épaule et ceignit son front d'un cercle d'or. Il choisit aussi dans le riche coffret à bijoux que Galenas ouvrit à son intention des bagues, des bracelets, des colliers, des ceintures d'or.

Lorsqu'il fut prêt, il releva les rideaux de la tente et s'installa dans l'ouverture sur un lit de repos, pour être vu des habitants de la rive.

Pendant qu'on se livrait à ces préparatifs, le vaisseau avançait dans un chenal de plus en plus étroit, et les matelots s'aperçurent enfin qu'ils naviguaient dans l'embouchure d'un fleuve. L'eau était douce et la terre ferme s'étendait des deux côtés de la trirème.

Celle-ci glissait avec lenteur sur les flots scintillants. Le temps était splendide, une paix radieuse émanait de la nature entière. Seule, la présence du splendide vaisseau marchand animait la profonde solitude de la forêt vierge, qui couvrait les deux rives et dont les sombres conifères se pressaient jusque dans le fleuve. Dans sa course incessante, celui-ci avait réussi à arracher la terre entre les racines des arbres. À la vue de ces racines dénudées, pareilles à des membres de géant, les matelots se sentaient pris de respect, plus encore qu'en contemplant les arbres millénaires.

« Jamais, ici, l'homme ne parviendra à ensemencer le sol, se disaient-ils, jamais il ne pourra défricher un emplacement assez grand pour y bâtir une ville, ou même un domaine rural.

« À des lieues alentour, la terre est recouverte d'un lacis de racines dures comme de l'acier. Rien que ce lacis inextricable suffira à éterniser le règne de la forêt. »

Le long du fleuve, les arbres s'élevaient en rangs serrés et leur branchage se mêlait étroitement, formant ainsi deux murailles infranchissables. Et si forte, si haute était cette barrière de conifères piquants que nulle ville fortifiée n'aurait pu souhaiter plus puissante défense.

Mais, de-ci, de-là, on remarquait cependant une ouverture entre les arbres où aboutissaient des sentes suivies par les bêtes de la forêt pour aller boire au fleuve. À travers ces trouées, les marins romains avaient un faible aperçu du bois. Jamais ils n'en avaient vu de semblable. Des arbres aux troncs plus épais que les tours des portes de Rome s'élevaient dans une pénombre où ne pénétraient pas les rayons du soleil. C'était un fouillis d'arbres qui luttaient entre eux pour l'air et la lumière.

Des arbres qui s'affrontaient les uns les autres, des arbres tout rabougris écrasés par leurs voisins, des arbres qui s'enracinaient sur les branches d'autres arbres, des arbres, encore des arbres, se livrant bataille et rivalisant comme s'ils eussent été des hommes.

L'équipage songeait que si des bêtes ou des êtres humains circulaient dans ce monde sylvestre, ils devaient avoir recours à des moyens ignorés des Romains, car du faîte à la racine des sapins, on ne voyait qu'un réseau de branches dures et nues, d'où pendaient des barbes de lichen longues d'une aune. Les arbres prenaient l'aspect d'êtres fantastiques barbus et chevelus.

Le sol était couvert de troncs en décomposition, et un pied d'homme enfoncerait certainement dans le bois pourri comme dans de la neige fondante.

De la forêt montait une senteur d'une douceur enivrante. Le parfum violent de la résine et du miel sauvage se mêlait à l'odeur de pourriture des troncs écroulés et à celle des champignons jaunes et rouges.

Sans aucun doute, tout cela avait quelque chose d'inquiétant, mais aussi quelle grandeur que celle de cette nature inviolée des hommes et se révélant dans toute sa puissance !

Il ne se passa pas longtemps avant que l'un des marins ne se mît à fredonner un hymne au dieu dc la forêt, et le reste de l'équipage se joignit involontairement à lui. Les matelots ne s'attendaient plus à rencontrer des hommes dans ce monde des bois. Au fond de leur cœur naissaient de pieuses pensées. Ils songeaient au dieu de la forêt et à ses nymphes. Ils se disaient que Pan, chassé des forêts de l'Hellade, s'était réfugié dans l'extrême Nord.

Et ils pénétrèrent dans son royaume en chantant des hymnes sacrés. À chaque pause, ils entendaient une musique assourdie venir du milieu des arbres. Au sommet des sapins et des pins, les aiguilles frémissaient, vibraient et chantaient à la chaleur de midi.

Les marins interrompaient de plus en plus souvent leur hymnes, dans l'espoir d'entendre résonner la flûte de Pan.

Les rameurs allaient lentement, ils contemplaient les flots d'or vert et de sombre hyacinthe, ils plongeaient leurs regards dans la masse des roseaux dont la force du courant faisait s'entrechoquer les feuilles.

Une telle attente était en eux qu'ils tressaillaient à la vue d'une libellule errante, à la vue des blancs nénuphars qui brillaient dans l'ombre entre les tiges des roseaux.

Puis le chant s'éleva encore : « Ô Pan, seigneur de la forêt... »

Ils avaient abandonné la pensée du négoce. Ils se sentaient à l'entrée de la demeure des dieux. Toute préoccupation terrestre leur devenait étrangère.

Tout à coup, au débouché d'une des pistes tracées par les bêtes de la forêt, ils aperçurent un élan, un animal royal, au front large surmonté d'une dentelle de cornes. Un silence profond régna sur la trirème. Les rames tendues sur l'eau s'immobilisèrent ; Silvius Antonius se leva de son lit de repos.

Tous les regards étaient dirigés vers l'élan. Que portait-il donc sur son dos ? L'obscurité des bois et les branches retombantes empêchaient toute vue distincte.

Le majestueux animal resta longtemps la tête dressée, reniflant l'air du côté de la trirème. Enfin il parut se rendre compte que celle-ci ne nourrissait aucune intention hostile, et il fit dans l'eau un pas en avant, puis un autre. Maintenant on voyait briller quelque chose de clair, de rosé, derrière ses cornes. L'élan portait-il donc sur son dos une brassée d'églantines ? L'équipage de la trirème tenta quelques coups de rame prudents. Le navire allait à la rencontre de l'élan. Il paraissait se diriger lui-même vers la rive.

L'élan avançait doucement dans le fleuve, posant ses pieds avec précaution pour ne pas être pris entre les racines au fond de l'eau.

À présent on voyait fort bien, au-dessus de ses cornes, un visage de jeune fille couronné de cheveux blonds. L'élan était monté par une de ces nymphes qui, de l'opinion de tous, devaient habiter la forêt vierge.

Une extase sacrée s'empara des marins de la trirème. L'un d'eux, qui était sicilien, se souvint d'un chant qu'il avait chanté dans sa jeunesse, lorsqu'il jouait dans la plaine fleurie de Syracuse.

Il se mit à fredonner :

« Oh ! Aréthuse, nymphe née parmi les fleurs ; toi qui chemines, blanche comme un rayon de lune à l'abri des bois. »

Et, lorsque les marins aguerris par les tempêtes entendirent ces mots, ils cherchèrent à adoucir le timbre rauque de leurs voix et chantèrent eux aussi :

« Oh ! Aréthuse, nymphe née parmi les fleurs... »

Le bateau s'approchait de plus en plus de la rive. Personne ne voulait prendre garde au fait que par deux fois déjà il avait raclé le fond de l'eau.

La jeune fille des bois, assise sur son élan, jouait à cache-cache entre ses cornes. Tantôt elle disparaissait, tantôt elle réapparaissait. Elle ne retenait pas l'élan, au contraire, elle ne faisait que le pousser plus avant dans le fleuve.

Mais, quand l'animal élancé se fut avancé à quelques brasses du vaisseau, elle le caressa pour l'arrêter et, se penchant, elle cueillit quelques nénuphars. Les matelots se regardèrent, tout honteux.

La nymphe était venue dans le seul but de cueillir les nénuphars blancs qui se balançaient sur l'eau. Elle n'était pas venue en l'honneur des marins romains.

À ce moment, Silvius Antonius, prenant une bague à son doigt, poussa un cri qui força la nymphe à lever les yeux, et il lui jeta l'anneau.

Elle tendit la main et l'attrapa au vol. Ses yeux brillaient, et elle tendit à nouveau sa main blanche. Silvius Antonius lança encore une bague.

D'un mouvement brusque, elle fit tomber les nénuphars dans l'eau et excita l'élan à reprendre sa marche en avant. Parfois elle l'arrêtait, alors une bague jetée par Silvius Antonius l'attirait derechef vers le navire.

Soudain, elle abandonna toute hésitation. Ses joues se colorèrent, elle se rapprocha de la trirème sans qu'il fût besoin de la tenter par un nouvel anneau. L'élan avait de l'eau presque jusqu'aux cornes.

Les matelots se penchaient par-dessus le bastingage pour aider la belle nymphe à se hisser à bord, au cas où elle eût voulu monter sur le pont de la trirème.

Mais elle ne regardait que Silvius Antonius qui, les doigts chargés de bagues, le corps tout orné de perles, était beau comme un lever de soleil. Lorsque le jeune Romain s'aperçut que les yeux de la nymphe ne le quittaient pas, il se pencha encore plus que les autres. On lui cria de prendre garde, pour ne pas perdre l'équilibre et tomber à l'eau. Mais ce fut peine perdue. Qui dira si la nymphe, d'un mouvement violent, attira à elle Silvius Antonius ou si les choses se passèrent autrement ? Toujours est-il qu'il tomba avant que personne n'eût pensé à le retenir.

Pourtant, Silvius Antonius ne risquait pas de se noyer. La nymphe, étendant ses bras rosés, l'avait saisi avant même qu'il eût touché la surface de l'eau. À cet instant, le coursier de la belle fit volte-face, fendit les flots dans sa fuite rapide et disparut dans la forêt. On entendit résonner le cri de la sauvage écuyère qui entraînait Silvius Antonius.

Galenas et ses hommes restèrent un moment frappés de terreur. Quelques matelots allaient se débarrasser de leurs vêtements pour nager vers la terre comme ils l'eussent fait dans un naufrage, mais Galenas les en empêcha :

« Sans aucun doute les dieux nous ont fait connaître leur volonté, dit-il. Ce sont eux qui ont poussé Silvius Antonius à travers mille tempêtes jusqu'à cette côte inconnue. Soyons heureux d'avoir été les instruments de cette volonté divine. Mais ne cherchons pas à en empêcher l'exécution. »

Et les marins reprirent docilement leurs rames ; se dirigeant vers l'embouchure du fleuve, ils scandaient, au rythme des avirons, le chant de la fuite d'Aréthuse, la nymphe.

À présent que nous voici à la fin de ce récit, le voyageur devra comprendre le sens des vieux dessins rupestres qu'on lui a montrés sur l'emplacement de la grande ville de Kungahälla. Il devra pouvoir reconnaître à la fois l'élan aux cornes multiples et la trirème avec ses longues rames. On ne lui demandera pas de voir Silvius Antonius Poppius et la jolie reine de la forêt vierge, car pour les distinguer il faut les yeux des vieux conteurs de légendes.

Mais il comprendra que les dessins ont été faits par le jeune Romain lui-même, et que lui aussi est à l'origine de cette vieille histoire. Il l'a racontée mot pour mot à ses descendants, sachant bien qu'ils se réjouiraient de descendre de ces Romains célèbres dans le monde entier. Mais, naturellement, l'étranger n'est pas forcé de croire qu'une des nymphes de Pan errait sur ces rives. Il se rendra bien compte qu'une tribu sauvage habitait la forêt et que l'écuyère, qui montait le grand élan, était la fille du roi de ces pauvres barbares.

La jeune fille, en entraînant Silvius Antonius, ne pensait qu'aux bijoux du jeune Romain. Savait-elle même si elle avait affaire à un être humain semblable à elle-même ?

Le voyageur se dira aussi que le nom de Silvius Antonius aurait été oublié sur ces rives s'il était resté le jeune fou qu'il avait été précédemment, mais qu'instruit par le malheur et la misère, il était devenu le chef des sauvages après avoir été leur esclave méprisé.

C'est lui qui s'était attaqué à la forêt vierge à l'aide du feu et de l'acier. C'est lui qui avait élevé les premières maisons de bois. C'est lui qui avait construit des bateaux et ensemencé la terre. C'est lui qui avait fondé Kungahälla, la magnifique Kungahälla.

Le voyageur, en entendant ce récit, contemplera la terre avec moins de regrets. Bien que la ville ait fait place à des champs et des prairies, bien que les vaisseaux aient déserté le fleuve, c'est pourtant ce sol qui permet une vision des jours d'autrefois. C'est ce sol que parcourent encore les souffles venus du pays des rêves.

# L'anneau du pêcheur

Sous le règne du doge Gradenigo, vivait à Venise un vieux pêcheur du nom de Cecco. Il avait été très vigoureux et restait vert pour son âge, mais, depuis quelque temps, il avait cessé de travailler, se faisant entretenir par ses deux fils, et il les aimait, oh ! signore ! comme il les aimait !

Il faut dire qu'il avait été seul à les élever. Leur mère était morte de bonne heure et tout le soin des enfants était retombé sur Cecco. Il leur avait procuré vêtements et nourriture, emportant dans son bateau le fil et les aiguilles et rapiéçant et ravaudant sans jamais se soucier des rires qu'il soulevait.

Lui seul leur avait appris aussi tout ce qu'ils avaient besoin de savoir. Il avait ainsi fait de ses fils deux pêcheurs capables, fidèles adorateurs de Dieu et de San Marco.

« Rappelez-vous, leur disait le père, que Venise ne saurait subsister par ses seules forces. Regardez la ville ! N'est-elle pas construite sur les flots ? Regardez les îlots bas, du côté de la terre, où l'eau clapote entre les herbes marines ! Vous n'y poseriez pas le pied, et c'est pourtant sur un sol pareil qu'est bâtie la ville entière. Et ne savez-vous pas que la tempête du Nord a le pouvoir de précipiter à la mer églises et palais ? Ne savez-vous pas aussi que nous avons des ennemis d'une telle puissance que tous les princes réunis de la chrétienté ne sauraient les vaincre ? C'est pourquoi vous devez prier sans cesse San Marco, car c'est lui qui, d'une main ferme, tient les chaînes auxquelles est suspendue Venise au-dessus des profondeurs marines. »

Quand le soir, au clair de lune, Venise baignait dans la brume bleutée venue du large, Cecco et ses fils remontaient doucement le Canal Grande, croisant des gondoles remplies de chanteurs, entre les palais que blanchissait la lune. Des milliers de points lumineux s'allumaient sur l'eau assombrie. Cecco ne manquait jamais de rappeler à ses enfants qu'ils devaient bénir San Marco, le dispensateur de la vie et du bonheur.

De jour non plus, ils n'oubliaient pas le saint. Lorsque, rentrant de la pêche, ils glissaient sur la lagune qui s'étendait, bleu clair et pailletée d'or, lorsque la ville, devant eux, flottait sur l'eau, que les grands navires entraient et sortaient du port, que le palais des Doges luisait, tel un immense écrin enfermant tous les trésors du monde, Cecco n'omettait pas d'attribuer ces splendeurs à la grâce unique de San Marco : la ville entière serait condamnée à périr si un seul Vénitien était assez ingrat pour ne plus l'invoquer et l'adorer.

Or il arriva qu'un jour les fils partirent pour la grande pêche au large du Lido. Accompagnés de beaucoup d'autres pêcheurs, ils allaient sur leur beau voilier, pensant être absents pour plusieurs jours. Il faisait beau, la pêche s'annonçait bonne. À l'aube, ils quittèrent le Rialto, la grande île sur laquelle s'élève la ville, et, à mesure qu'ils s'éloignaient sur la lagune, ils voyaient surgir des brumes matinales les îles qui, pareilles à des remparts, protègent Venise contre la mer. À droite, la Giudecca et San Giorgio, à gauche, San Michele, Murano et San Lazzaro. Les îles se succédaient ainsi en un vaste cercle jusqu'à la longue bande du Lido qui, en face d'eux, semblait le fermoir du collier. Au-delà du Lido, c'était la vaste mer.

Les pêcheurs mirent à l'eau une chaloupe et s'éloignèrent du voilier pour tendre les filets. Le temps restait beau, mais la houle se faisait plus forte que derrière la barrière des îles. Personne ne songeait à un danger possible. Le bateau était bon, l'équipage se composait de marins exercés.

Toutefois, au bout d'un moment, les hommes restés sur le voilier s'aperçurent que la mer et le ciel s'obscurcissaient vers le nord, ce qui annonçait la tramontane. Ils hélèrent leurs camarades, mais ceux-ci étaient déjà trop loin pour les entendre.

La tempête atteignit d'abord le voilier. Lorsque les pêcheurs virent soudain les vagues surgir autour d'eux, tel un troupeau qui, après le repos de la nuit dans une vaste plaine, se lève le matin, l'un d'entre eux monta sur le pont pour faire signe aux matelots du canot. Mais, à l'instant même, il chancela et tomba à la renverse dans l'eau. Vint ensuite une vague qui dressa le bateau tout debout et les hommes furent comme arrachés à leurs bancs et précipités à la mer. Ce fut l'affaire d'un clin d'œil. Le bateau réapparut la quille en l'air. Les marins de la barque essayèrent alors de se porter à l'endroit du sinistre, mais ils ne réussirent pas à ramer contre le vent. Bientôt, ils eurent assez à faire pour se sauver eux-mêmes dans ce formidable grain qui balayait la mer. Ils parvinrent cependant au port et répandirent la nouvelle du malheur : les deux fils de Cecco et trois autres hommes avaient péri.

Dire que le matin même Cecco était descendu au pont du Rialto pour regarder le marché aux poissons ! Il allait et venait entre les étalages, se rengorgeant comme un seigneur puisqu'il n'avait plus besoin de travailler.

Il emmena même deux vieux pêcheurs du Lido dans une osteria et leur offrit un verre !

Se carrant sur le banc, il faisait le vantard au sujet de lui-même et de scs fils ; il était de si bonne humeur qu'il tira de sa poche le sequin que lui avait offert le doge lorsqu'il avait sauvé un enfant sur le point de se noyer dans le Canal Grande. Il tenait beaucoup à cette grande pièce d'or, il la gardait toujours sur lui et l'exhibait à la moindre occasion.

Tout à coup, un homme entra et, sans remarquer la présence de Cecco, il fit le récit du malheur, mais avant la fin du récit, Cecco se jeta sur lui et le saisit à la gorge. « Tu ne vas pas dire qu'ils sont morts ! cria-t-il. Pas mes fils, tu entends, pas mes fils ! »

L'homme se dégagea, mais Cecco se démenait comme s'il avait perdu la raison.

Les passants, l'entendant gémir et crier, entrèrent en foule dans l'osteria et formèrent cercle autour de lui, comme autour d'un jongleur.

Cecco, étendu par terre, se tordait. Il frappait de la main le dur carrelage et répétait :

« C'est San Marco, San Marco, San Marco.

– Le chagrin te fait perdre l'esprit, Cecco, lui dit-on.

– Je savais que cela arriverait en mer, devant le Lido et Malamocco. C'est là, je le savais, que cela arriverait, San Marco les prendrait là. Il leur gardait rancune, je le craignais depuis longtemps. Oui, poursuivit-il sans écouter ce qu'on disait pour le calmer, ils se sont moqués de lui un jour que nous nous trouvions devant le Lido, il ne l'a pas oublié, il ne supporte pas qu'on rie de lui. »

Cecco promena ses yeux égarés sur l'assistance, comme pour y chercher un secours.

« Écoute, Beppo de Malamocco, dit-il en tendant les mains vers un pêcheur de haute taille. Ne crois-tu pas que c'est San Marco ?

– Ne va donc pas t'imaginer une chose pareille, Cecco.

– Je vais te dire, Beppo, ce qui s'est passé. Mes fils étaient encore enfants, nous étions un jour de ce côté-là, en pleine mer et, pour faire passer le temps, je leur ai raconté comment San Marco est venu à Venise. San Marco l'Évangéliste avait d'abord été enterré dans une église magnifique, à Alexandrie, en Égypte. Mais, quand la ville est tombée aux mains des infidèles, leur khalife ordonna la construction d'un splendide palais et voulut l'orner avec les colonnes des églises chrétiennes. Juste à ce moment, deux marchands vénitiens finissaient de charger dix vaisseaux dans le port. Lorsque ces hommes entrèrent dans l'église où était enseveli San Marco et entendirent parler de l'ordre du khalife, ils dirent aux prêtres qui se lamentaient : “Le corps précieux que vous avez dans votre église risque d'être profané par les Sarrasins. Donnez-le-nous. Nous l'honorerons, car San Marco fut le premier à prêcher l'Évangile dans les îles de la lagune, et le doge vous récompensera.”

« Les prêtres acceptèrent cette offre et, afin de ne pas rencontrer d'opposition chez les chrétiens d'Alexandrie, on mit le corps d'un autre saint homme dans le cercueil de l'Évangéliste. Pour éviter aussi que les Sarrasins n'apprissent l'enlèvement de San

Marco, on le déposa au fond d'une grande caisse, et on le recouvrit de jambons et de lard fumés que les Sarrasins ne peuvent souffrir. Quand les douaniers soulevèrent le couvercle de la caisse, ils se sauvèrent en toute hâte. Et les deux marchands ramenèrent le corps indemne à Venise. Tu sais bien, Beppo, que c'est ce que dit la légende.

– Bien sûr, Cecco.

– Alors, écoute, et Cecco, se redressant un peu, parlait d'une voix assourdie par l'angoisse, j'arrive à ce qui est le plus affreux. En apprenant que le saint avait été caché sous une couche de lard, les deux gamins éclatèrent de rire. J'ai eu beau leur ordonner de se taire, ils ne faisaient que rire davantage. Giacomo était étendu à plat ventre à la proue, et Pietro était assis les jambes pendantes hors du bateau. Ils riaient tellement qu'on les entendait au loin sur la mer.

– Mais, Cecco, deux enfants ont bien le droit de rire.

– Ne vois-tu donc pas que c'est là qu'ils ont péri aujourd'hui ? À ce même endroit. Autrement, pourquoi auraient-ils péri précisément là ? »

Tout le monde se mit à parler à la fois pour essayer de le consoler.

Son chagrin lui troublait l'esprit. San Marco n'était pas de ceux qui se vengent sur deux enfants. Naturellement, quand un bateau subit une tempête pareille, ce ne peut être qu'en pleine mer et non pas au port. Ses fils n'avaient pas vécu en inimitié avec San Marco. On les avait entendus crier : « Evviva San Marco » avec autant d'ardeur que quiconque et San Marco les avait protégés jusqu'à ce jour. Jamais, pendant toutes les années passées, sa colère ne s'était élevée contre eux.

« Mais toi, Cecco, dit quelqu'un, tu vas nous porter malheur avec tes paroles sur San Marco. Toi qui es vieux et sage, tu devrais être assez avisé pour ne pas l'irriter contre les Vénitiens. Que sommes-nous sans lui ? »

Cecco les regardait, les yeux fous.

« Vous ne le croyez donc pas ? dit-il.

– Aucun être raisonnable ne peut croire pareille chose. »

Il semblait qu'on eût réussi à le calmer.

« Je veux essayer de ne pas le croire moi non plus », fit-il. Et, se levant, il se dirigea vers la porte.

« Ce serait trop de cruauté, n'est-ce pas ? Ils étaient trop beaux, trop vaillants pour que personne pût les haïr, je ne veux pas le croire. »

Il rentra et, dans la ruelle, devant sa porte, il rencontra une voisine qui lui dit en s'éloignant rapidement :

« On célèbre une messe des morts en ce moment dans la cathédrale. »

À sa vue, elle avait pris peur.

Cecco détacha alors son bateau et le conduisit, par les petits canaux, jusqu'au quai degli Schiavoni, où la vue est libre. Il regarda le Lido et la mer. Certes le vent était fort, mais ne soufflait nullement en tempête. Et, par un temps pareil, ses fils avaient péri ! C'était à n'y rien comprendre.

Il amarra son bateau et, traversant la Piazzetta, il entra dans San Marco. L'église était pleine de gens à genoux ; tous priaient, en proie à une grande angoisse, car un sinistre en mer est bien plus terrible pour les Vénitiens que pour d'autres gens. Ils ne gagnent pas leur subsistance en cultivant la vigne ou les champs de blé, mais ils dépendent entièrement de la mer. Dès qu'elle se dresse contre l'un d'entre eux, tous se sentent menacés et accourent pour demander la protection de San Marco.

Cecco ne s'agenouilla pas. Il resta debout, se rappelant toutes les fois où il était venu en ce lieu avec ses deux garçons, auxquels il apprenait à prier le saint. « C'est lui qui nous fait traverser les mers, qui nous a ouvert les portes de Byzance et nous a rendus maîtres des îles de l'est, leur avait-il dit. C'est pour lui témoigner leur reconnaissance que les Vénitiens ont élevé à San Marco le plus beau temple du monde. Jamais un navire ne revient d'un port étranger sans apporter un cadeau à l'église. »

Ils s'étaient réjouis tous trois des murs de marbre rouge du dôme et de sa coupole dorée et couverte de mosaïques. Cecco affirmait qu'aucune calamité ne pouvait frapper une ville qui avait édifié une pareille forteresse à son saint patron.

Soudain, Cecco, tombant à genoux, se mit à réciter *Pater Noster* sur *Pater Noster*.

Ce fut en vain ; le trouble qui s'était emparé de lui revenait à l'assaut, il le sentait, mais il *voulait* le refouler par ses prières, il ne *voulait* pas penser du mal de San Marco.

Pourtant, il n'y avait eu aucune véritable tempête ce matin-là et un fait était certain, c'est que le saint, s'il n'avait pas provoqué lui-même le malheur, n'avait rien fait pour sauver les fils de Cecco, mais les avait laissés périr comme par jeu.

Aussitôt que cette obsession s'emparait de lui, Cecco se remettait à prier, mais l'obsession ne lâchait pas prise.

Et dire que San Marco possédait dans cette cathédrale un trésor d'une splendeur féerique, et dire que Cecco avait invoqué le saint sa vie durant, passant rarement à la rame devant la Piazzetta sans entrer à San Marco pour faire ses dévotions !

Ce n'était pas pur hasard si ses fils avaient péri tout juste là-bas.

Oh ! quel malheur pour les Vénitiens de ne pas avoir un meilleur appui !

Songez donc, un saint capable de tirer vengeance de deux enfants ! Un patron incapable de les protéger d'une saute de vent !

Cecco s'était levé ; il haussa les épaules et fit un geste découragé des bras en regardant le tombeau du saint dans le chœur.

Un bedeau passa avec un grand plateau en argent repoussé et doré, quêtant les dons des fidèles.

Il allait de l'un à l'autre, et arriva devant Cecco.

Cecco fit un pas en arrière, comme si le Malin Esprit lui-même lui eût présenté le plat. San Marco lui demandait-il une offrande ? Estimait-il qu'il avait mérité une offrande de Cecco ?

Tout à coup, Cecco attrapa le grand sequin d'or qu'il portait dans sa ceinture et le lança dans le plat avec une telle violence que le bruit s'entendit dans toute l'église.

Les assistants en prière tournèrent la tête et tous ceux qui aperçurent le visage de Cecco furent saisis de terreur : on l'eût dit possédé par les démons.

Immédiatement après cet éclat, Cecco sortit de l'église et, au début, il éprouvait un grand soulagement d'avoir pu se venger du saint. Il l'avait traité comme on traite un usurier qui cherche à vous extorquer plus que son dû. « Prends donc tout », lui dit-on alors en lui jetant la dernière pièce d'or à la tête, si fort que le sang ruisselle sur ses yeux. Mais l'usurier ne rend pas le coup, il se baisse et ramasse le sequin. C'est ainsi qu'avait agi San Marco.

Il avait accepté le sequin de Cecco après lui avoir ravi ses fils. Il avait accepté un don offert avec une haine pareille. Un honnête homme s'en serait-il accommodé ? Non, non, San Marco était un pleutre, aussi lâche qu'altéré de vengeance !

Mais il ne se vengerait pas de Cecco ; sans doute était-il satisfait d'avoir obtenu le sequin. Il l'empochait tout simplement, faisant semblant de croire à un don pieux.

Lorsque Cecco se trouva dans l'atrium de San Marco, deux bedeaux le dépassèrent en courant.

« Elle monte, elle monte de manière effrayante, dit l'un.

– Qu'est-ce qui monte ? demanda Cecco.

– L'eau dans la crypte. Elle est montée d'un pied en quelques minutes. »

Arrivé sur les marches de l'église, Cecco aperçut une petite flaque d'eau au pied de l'escalier. C'était l'eau de la lagune qui sourdait sous la Piazzetta.

Cecco s'étonna de voir la mer monter si haut et se hâta vers la rive où il avait amarré son bateau. Rien n'y avait changé en son absence, sauf que le niveau de l'eau s'était élevé assez considérablement. Elle arrivait en larges houles par les cinq portes de la mer, mais le vent restait faible.

Sur la Riva, de petites flaques d'eau de mer s'étaient déjà formées et les canaux montaient, forçant les habitants à fermer les portes d'eau des maisons.

Le ciel avait une teinte uniformément grise, comme la mer.

Cecco n'eut pas une seconde l'idée qu'il pût y avoir un sérieux orage, il ne voulait pas y croire. San Marco avait fait périr ses fils sans raison. Il ne s'agissait nullement d'une véritable tempête. On le verrait bien si c'était sérieux.

Et, s'asseyant à côté de son bateau, il attendit. À ce moment, la calotte unie qui couvrait le ciel commença à se déchirer, et de gros nuages d'orage, sombres comme des vaisseaux de guerre, montèrent de l'horizon, crevant sur la ville en averses de grêle et de pluie.

Du Lido arriva une trombe comme une mer nouvelle.

Oh ! signore, ce n'étaient pas les vagues au col de cygne que vous y auriez vues, celles qui, ployant leurs nuques transparentes, se hâtent vers la terre, puis refluent vers le large, leur chevelure d'écume blanche éparse sur la surface liquide.

C'étaient de sombres et furieuses vagues, qui se pourchassaient, et dont les crêtes d'écume salée, fouettées par l'ouragan, se dissolvaient en brouillard.

Le vent avait pris une telle force que les mouettes étaient projetées en dehors des paisibles courbes de leur vol. Cecco les vit bientôt gagner péniblement le large afin de n'être pas lancées par la tempête contre les murs des maisons.

Les centaines de pigeons de la place San Marco s'envolèrent dans un battement d'ailes, bruissant comme une seconde tempête. Ils cherchaient à se cacher dans les coins et recoins de l'église.

Mais les oiseaux n'étaient pas seuls à être effrayés par l'orage. Quelques gondoles avaient déjà arraché leurs amarres et, projetées contre le quai, risquaient de s'y briser. Tous les gondoliers accoururent pour mettre leurs esquifs à l'abri dans les remises ou les diriger vers les petits canaux.

Les marins des navires du port s'affairaient aux câbles des ancres, afin d'empêcher leurs bâtiments de s'échouer sur la rive. Ils rentraient la lessive qui séchait sur le bastingage et enfonçaient leur long bonnet sur le front, en cherchant des yeux les objets qui risquaient d'être emportés pour les transporter dans la cale.

Dans le Canal Grande se ruait toute une flottille de barques de pêcheurs. Ceux du Lido et de Malamocco, qui avaient vendu leur marchandise au Rialto, fuyaient pour rentrer chez eux avant que la tempête eût pris trop de force.

Cecco se mit à rire en voyant les pêcheurs se pencher sur les rames et peiner, comme s'ils se sauvaient devant la mort. Ils ne se rendaient donc pas compte qu'il ne s'agissait que d'une simple bourrasque ? Ils auraient pu rester bien tranquilles, à attendre que les Vénitiennes leur eussent acheté leurs pieuvres et leurs crabes.

Cecco ne songeait pas à mettre son bateau à l'abri, bien que maintenant la tempête fût assez violente pour qu'un homme ordinaire dût compter avec elle. Les lavoirs, soulevés par les flots, étaient emportés, tandis que les laveuses se précipitaient à terre en poussant des cris.

Des signori qui se promenaient en chapeaux à large bord se voyaient dépouillés de leurs couvre-chefs, que le vent jetait dans le canal, à la grande joie des gamins avides de les repêcher.

Des voiles arrachées aux mâts claquaient, faisant un bruit de tonnerre. Des enfants étaient renversés, et le linge étendu à sécher dans les ruelles étroites s'envolait pour retomber en loques bien plus loin.

Cecco ne faisait que rire de cette tempête qui se contentait de jouer avec toutes sortes d'objets légers et faisait des farces comme un gamin des rues. Il tira néanmoins son bateau sous l'arche d'un pont. Qui sait cependant où ce vent arrêterait ses dégâts ?

Vers le soir, Cecco se dit qu'il ferait bon être sur la mer. On aurait filé à grande erre par une si belle brise. Mais, sur terre, la situation devenait épouvantable. Des cheminées s'abattaient, les toits des remises pour bateaux se soulevaient et retombaient sur le sol. Les tuiles pleuvaient dans les canaux. Le vent faisait battre les portes et les volets, s'engouffrait dans les loggias ouvertes des palais, abattant les arcades sculptées.

Cecco crânait toujours, mais il ne rentra pas se coucher. Ne pouvant plus ramener son bateau chez lui, il préférait rester à le surveiller. Mais si quelqu'un, en passant, disait qu'il faisait une tempête effroyable, Cecco refusait de l'admettre. Il en avait vu bien d'autres, dans sa jeunesse.

« Une tempête ! se disait-il, peut-on appeler cela une tempête ! On m'accusera peut-être de l'avoir provoquée en jetant mon sequin à San Marco ! Comme si San Marco était capable de commander au vent. »

La nuit venue, le vent et la mer montèrent à l'assaut de Venise, jusqu'à la faire trembler dans ses fondements. Le doge Gradenigo et les seigneurs du Grand Conseil se rendirent, dans la nuit noire, à San Marco afin de prier pour la ville. Des porteurs de flambeaux les précédaient et les flammes vacillaient au vent, qui les couchait au point de les faire ressembler à des banderolles. Les rafales s'en prenaient si fort aux lourds vêtements de brocart du doge qu'il fallut deux hommes pour le soutenir.

Cecco songeait que, de sa vie, il n'avait vu chose aussi extraordinaire : le doge Gradenigo se rendant à la cathédrale pour un peu de vent ! Qu'auraient donc fait les hommes s'il était venu une vraie tempête ?

Cependant les vagues ne cessaient de frapper les pilotis du quai. Dans l'obscurité, elles prenaient l'aspect de monstres qui, surgis de l'abîme, s'accrochaient de leurs dents et de leurs griffes aux poteaux, cherchant à les arracher de la rive. Cecco croyait entendre leur sifflement méchant lorsqu'elles reculaient en se bousculant. Et il commença à frissonner lui-même en les voyant s'acharner ainsi contre les pilotis.

À présent qu'il faisait nuit, la tempête lui paraissait bien plus effrayante. L'air retentissait d'appels qui n'étaient pas les hurlements du vent. Par instants, on voyait s'avancer des nuages sombres, pareils à de noires galères prêtes à l'abordage.

Cecco entendit nettement des paroles qui partaient d'un goupe de nuages déchiquetés, au-dessus de sa tête.

« C'en sera bientôt fait de Venise, disait une voix, nos frères les démons vont arriver et renverseront la ville.

– J'ai peur que San Marco ne s'y oppose, fit une autre voix.

– Un Vénitien a frappé San Marco au front, et le saint est désormais incapable de venir en aide aux siens », reprit la première voix.

Portés par la tempête, ces mots parvinrent au vieux Cecco qui, aussitôt, se jeta à genoux, suppliant San Marco de lui pardonner.

Car les démons avaient dit vrai. La splendide reine des mers était sur le point de périr. Un Vénitien avait proféré des blasphèmes contre San Marco, c'est pourquoi Venise allait être emportée par les flots. Il n'y aurait plus de promenades au clair de lune, sur la lagune ou les canaux, nulle barcarolle ne se ferait plus entendre sur les gondoles noires. La mer engloutirait les belles Vénitiennes aux cheveux d'or, les palais orgueilleux et les églises aux coupoles étincelantes.

Ses îles de boue étaient destinées à disparaître si personne ne venait à leur secours. Avant l'arrivée de San Marco à Venise, il n'était pas rare de voir les flots en arracher de grandes parties.

Aux premières lueurs de l'aube, les cloches de l'église San Marco se mirent à sonner. Les habitants de la ville se traînèrent de leur mieux jusqu'au sanctuaire, cependant que le vent réussissait presque à les dépouiller de leurs vêtements.

Les prêtres avaient décidé d'aller affronter la mer et la tempête. Une longue procession sortit du grand portail qu'on avait fait ouvrir.

En avant marchait celui qui tenait le crucifix, puis venaient les porteurs de cierges, et enfin la bannière de San Marco et l'hostie sacrée. Mais l'ouragan ne se laissa pas apaiser, bien au contraire, il semblait n'avoir pas encore trouvé jouet plus propice. Il renversa le prêtre qui portait le crucifix, éteignit les cierges, emporta le baldaquin placé au-dessus de l'hostie jusque sur le toit du palais des Doges. Ce ne fut qu'à grand-peine que l'on empêcha la bannière de San Marco, au lion ailé, de s'envoler dans les airs.

Cecco, voyant tout cela, se glissa en gémissant à haute voix vers sa barque. Tout le jour, il resta sur le quai ; souvent une vague l'inondait, souvent il était sur le point d'être entraîné dans les flots. Jusqu'au soir, il ne s'arrêta pas de prier Dieu et San Marco. Il sentait que le sort de la ville dépendait de ses prières.

Les habitants de Venise ne sortirent guère au cours de cette journée. Quelques-uns cependant se risquèrent jusqu'au quai. Ils se lamentaient sur les effroyables dégâts causés par la tempête. À Murano, les maisons s'écroulaient, cette île basse tout entière paraissait déjà recouverte par les flots, et même ici, au Rialto, quelques bâtiments s'effondraient.

La tempête fit rage tout le jour. Vers le soir, un grand nombre de Vénitiens se trouvèrent réunis sur la place San Marco et la Piazzetta, bien qu'elles fussent l'une comme l'autre presque sous l'eau. On n'osait plus rester dans les maisons, qui tremblaient sur leur base.

Aux gémissements de ceux qui craignaient pour leur vie se mêlaient les cris de ceux que le malheur avait déjà frappés. Dans les habitations inondées, des enfants s'étaient noyés. Les vieux, les malades avaient été emportés par les flots en même temps que leurs demeures.

Cecco, toujours à genoux, priait San Marco :

Était-il donc possible qu'on y regardât de si près, quand il ne s'agissait que du crime d'un misérable pêcheur ? Le saint ne pouvait pas avoir perdu sa puissance par la faute de Cecco. Il aurait dû envoyer ses démons pour le saisir, lui et sa barque, cela ne méritait pas mieux. Mais toute la ville ! Sainte Mère de Dieu, toute la ville !

« Mes fils ! disait Cecco à San Marco. Que m'importent mes fils au regard de Venise ! Je donnerais un fils pour chaque tuile que le vent jette dans le canal, si je pouvais à ce prix la retenir sur son toit. Ô San Marco, la moindre pierre de Venise vaut pour moi un fils dans tout l'épanouissement de sa jeunesse. »

Parfois, Cecco était témoin de spectacles effrayants. Une grande galère, rompant ses amarres, était poussée vers le rivage. Elle allait droit sur les pilotis du quai, les frappant de la tête de bélier qui ornait sa poupe, comme si elle eût voulu s'enfoncer dans un navire ennemi. Elle multipliait ses coups dans un assaut si furieux que sa coque ne tarda pas à se fendre. Les flots jouèrent dans les fentes, qui s'élargirent, et le noble vaisseau fut mis en pièces. Cependant, le capitaine et une partie de l'équipage ne voulurent pas abandonner leur bord. Ils s'agrippèrent fortement au pont et affrontèrent la mort sans faire la moindre tentative pour y échapper.

Puis vint la deuxième nuit. Les prières de Cecco continuaient à frapper aux portes du ciel.

« Permets que je souffre seul, San Marco, c'en est plus qu'un homme ne peut supporter. Il ne peut consentir à attirer le malheur sur la tête de tant d'autres. Envoie ton lion pour me tuer, je ne me sauverai pas. Je ferai pour la ville tous les sacrifices que tu me demanderas. »

Tout en disant ces mots, il tournait ses regards du côté de la place San Marco, et il lui sembla qu'il ne voyait plus le lion ailé qui surmonte une des colonnes de granit. San Marco avait-il permis à la tempête de jeter à terre son lion ? Le vieux Cecco pleurait, il désespérait presque du sort de Venise.

De sa place, il avait de constantes visions, il ne cessait d'entendre des voix. Les démons hurlaient et soufflaient comme des bêtes fauves autour de lui. Il les voyait sauter contre les pilotis de la rive. Mais il ne s'en inquiétait pas beaucoup, ce qui le tourmentait, c'était le sort de Venise.

Tout à coup, il entendit au-dessus de sa tête un puissant battement d'ailes. Le cœur lui manqua. C'était bien sûr le lion de San Marco qui arrivait sur lui. Il voyait, puis ne voyait plus une grande ombre dans les airs. L'ombre s'abattit sur le quai degli Schiavoni et y demeura quelques instants. Cecco était prêt à se jeter à la mer d'effroi, mais il resta à sa place. Le lion le cherchait sans doute. Pourvu que Venise fût sauvée, Cecco accepterait volontiers que San Marco tirât vengeance de lui.

Le lion avançait d'une allure glissante, comme un chat. Cecco le vit se ramasser pour bondir, il remarqua qu'il abaissait ses ailes et rétrécissait ses grands yeux flamboyants jusqu'à ce qu'ils ne fussent plus que d'étroites entailles brillantes.

Le vieux Cecco eut envie de ramper jusqu'à sa barque et de se mettre à l'abri sous l'arche du pont, mais il resta à sa place.

Tout à coup, il vit venir à lui un homme de haute taille à l'air empreint d'une grande dignité.

« Bonsoir, Cecco, dit l'homme, prends ta gondole et conduis-moi à San Giorgio Maggiore.

– Oui, dit le vieux pêcheur, tout de suite, seigneur. »

Cecco avait l'impression de s'éveiller d'un rêve. Le lion avait disparu, et cet homme connaissait Cecco, bien que Cecco ne pût se rappeler l'avoir vu auparavant. Le vieux se sentit tout heureux de ne plus être seul. Le poids terrible, la souffrance qui l'avaient écrasé dès l'instant où il avait témoigné sa haine au saint s'étaient soudain comme évaporés. Mais, quant à se rendre à San Giorgio, c'était une entreprise impossible !

« Nous n'arriverons même pas à pousser la gondole hors de son abri », se dit-il à part soi.

Cependant, il avait envie, rien qu'en regardant son compagnon, de le servir avec un entier dévouement. Il réussit à sortir de la barque, aida l'étranger à y entrer et prit les rames.

Mais il lui fut impossible de parler de la sorte à cet étranger installé dans la barque d'un air aussi paisible que s'il fût allé se promener au Lido un soir d'été. Et Cecco se mit à ramer vers San Giorgio Maggiore.

Ce fut affreux, à tout coup les vagues les inondaient. « Voyons, dis-lui donc son fait à celui-là qui sort par ce temps, marmonnait Cecco à mi-voix, en s'adressant à lui-même, d'habitude tu es un vieux pêcheur sensé, dis-lui donc son fait. »

La gondole était soulevée sur des montagnes escarpées, puis retombait dans des vallées profondes. Les vagues qui couraient le long de la barque, comme des chevaux emportés, couvraient Cecco de leur écume. Malgré tout, il approchait de San Giorgio.

« Pour qui donc vas-tu risquer ta gondole et ta vie ? disait-il. Tu ne sais même pas s'il te paiera pour ta peine. Il n'a pas l'air d'un homme de qualité, il n'est pas mieux vêtu que tu ne l'es toi-même. »

Mais Cecco ne disait cela que pour ne pas perdre courage et pour ne pas rougir de se montrer aussi accommodant. Car il se sentait réellement contraint de faire tout ce que l'étranger désirait.

« En tout cas, je n'irai pas jusqu'à San Giorgio, imbécile, poursuivit-il. L'ouragan y est plus violent encore qu'au Rialto. »

Mais il accosta à San Giorgio et retint la gondole tandis que son passager descendait à terre.

Le parti le plus sage pour Cecco eût été sans doute d'abandonner la gondole et de s'esquiver. Mais il n'en fit rien. Plutôt mourir que de tromper cet étranger.

Il vit celui-ci qui montait à l'église San Giorgio. Peu après il revenait en compagnie d'un chevalier bardé de fer.

« Conduis-nous à San Nicolo du Lido », dit l'étranger.

« Ah ! vraiment, songea Cecco, et pourquoi pas au Lido, en effet ? » On était bien passé par les affres de la mort pour se rendre à San Giorgio, il n'y avait donc pas de raison de ne pas risquer la course au Lido.

Et Cecco fut épouvanté au-dedans de lui-même de suivre ainsi l'étranger dans la mort, car il se dirigea effectivement vers le Lido.

Maintenant qu'il emmenait deux passagers, il peinait plus et, par moments, il se demandait s'il allait résister à un pareil effort.

« Il te serait resté encore bien des années à vivre », dit-il en s'adressant à lui-même sur un ton de reproche.

Le plus étrange, cependant, c'est qu'au fond il ne se faisait pas de souci. Il ne pleurait pas ses fils, ni ne s'inquiétait de rien d'autre. Il était fier au contraire de faire avancer sa barque.

« Il sait faire honneur à sa réputation, le vieux Cecco », dit-il.

Ils abordèrent au Lido ; les deux inconnus se rendirent à San Nicolo et revinrent aussitôt avec un vieil évêque vêtu de ses vêtements sacerdotaux, la crosse en main, la mitre sur la tête.

« Allons à présent au large », dit le premier étranger.

Le vieux Cecco frémit à ces mots. Devait-il donc ramer jusqu'à l'endroit où ses fils avaient péri ? Il ne s'adressa plus à lui-même de paroles narquoises. L'ouragan, d'ailleurs, le préoccupait moins que la perspective effrayante de mener sa gondole jusqu'à la tombe de ses deux garçons.

Tout en ramant, il se rendit compte qu'il offrait à l'étranger plus que sa vie.

Les trois hommes restaient silencieux comme s'ils eussent été aux aguets. Cecco les vit qui se penchaient et fouillaient l'ombre des yeux. Ils sortaient du port du Lido, et la vaste mer démontée s'étendait devant eux. Cecco avait l'impression qu'il sanglotait en dedans. Il songeait que les cadavres de ses enfants roulaient dans les flots, où ses regards cherchaient leurs deux visages. Mais la barque avançait toujours. Cecco ne s'abandonnait pas.

Soudain, les trois hommes se levèrent et Cecco tomba à genoux, bien qu'il ne lâchât pas les rames. Un grand navire venait sur eux.

Était-ce, en somme, un navire ou rien qu'un brouillard chassé par le vent ? De grandes voiles tendaient quatre triangles contre le ciel, mais la puissante carcasse semblait faite de la plus légère brume marine. Cecco crut voir un équipage de démons à bord, il crut aussi entendre leurs cris, pourtant les démons étaient pareils à des ombres amassées, et les cris aux hurlements du vent.

De toute façon, quelle terreur de voir s'avancer ce vaisseau droit sur la gondole ! Cecco ferma les yeux.

Les trois étrangers durent faire dévier le coup, car la gondole ne coula pas à pic.

Cecco, en rouvrant les yeux, aperçut le navire en fuite sur les eaux, et la nuit retentissait de plaintes déchirantes.

Cecco, tout tremblant, reprit les rames, mais à peine pouvait-il les tenir, tant il était épuisé. Et subitement tout danger disparut. La tempête était calmée, et les flots s'apaisèrent.

« Reconduis-nous à présent à Venise ! » dit l'étranger au vieux pêcheur.

Cecco dirigea la barque vers le Lido, où descendit le vieil évêque, puis vers San Giorgio, où le chevalier quitta ses compagnons. Le premier étranger suivit Cecco jusqu'au Rialto.

Lorsqu'ils abordèrent au quai degli Schiavoni, l'étranger dit :

« Dès qu'il fera jour, tu iras chez le doge et tu lui raconteras ce que tu as vu cette nuit. Dis-lui que San Marco, San Giorgio et San Nicolo ont combattu les démons qui voulaient détruire Venise.

– Oui, Monseigneur, répondit le pêcheur, je lui raconterai tout, mais comment ferai-je pour que le doge croie à mes paroles ? »

Alors San Marco lui tendit un anneau orné d'une pierre précieuse étincelante.

« Montre cet anneau au doge, dit-il, et il comprendra que tu viens de ma part. Il connaît mon anneau. »

Le pêcheur prit l'anneau et le baisa avec respect.

« Tu diras encore au doge, reprit le saint, que jamais je n'abandonnerai Venise, cette bague est le gage de ma foi. Même quand le dernier doge quittera le palais ducal, je maintiendrai Venise. Même si Venise perdait son empire sur les îles de l'est et perdait la domination des mers, même si nul doge ne s'aventurait plus sur la lagune, sur le Bucentaure, je conserverais à la ville son rayonnement et sa beauté. Toujours elle sera riche et chérie de tous, toujours on la chantera, on vantera sa splendeur, toujours les hommes feront leurs délices d'y vivre. Dis tout cela, Cecco, et le doge prendra soin de toi dans tes vieux jours. »

L'apôtre disparut et, peu après, le soleil se leva du côté de Torcello. Ses premiers rayons jetèrent sur Venise la blanche et sur la mer multicolore un reflet rose. Les campaniles de San Giorgio et de San Marco brillaient tout rouges, les quais bordés de palais splendides luisaient.

Et, dans cette claire lumière matinale, les belles Vénitiennes s'avancèrent sur les loggias en riant au jour.

À nouveau, Venise était la belle déesse qui trône sur les flots, dans son coquillage nacré. Plus belle que jamais, elle laissait flotter sa chevelure dorée, et se parait de son manteau de pourpre pour accueillir un de ses plus beaux jours. Quand le pêcheur tendit l'anneau au doge et qu'elle sut que le saint, dès aujourd'hui et pour toujours, la prenait sous sa protection, elle en fut toute grisée de joie.

# Une histoire de Hallstanaes

En bordure de la route se trouvait jadis un vieux domaine appelé Hallstanaes. Adossée à la forêt, la maison basse était flanquée de la longue rangée de ses dépendances, peintes en rouge. À côté du logis principal se dressait un grand merisier qui jonchait le toit de tuile de ses pétales et de ses fruits. Une cloche suspendue au-dessus de l'écurie appelait les gens de la maison au travail.

Près de la porte de la cuisine, il y avait un pigeonnier, aux ouvertures ornées de petites balustrades ; sur le mur, près du bureau, était suspendue une cage à écureuil, composée de deux petites maisons vertes et d'une grande roue en fil de fer et, devant la haute haie de lilas, s'alignaient des ruches couvertes d'écorce.

Le domaine possédait un étang, peuplé de grosses carpes et de minces lézards d'eau.

Il possédait aussi une niche à chien près de la grille d'entrée et une clôture blanche avec des portillons blancs partout où il avait été possible d'en placer.

Dans les greniers de la maison d'habitation, des cabinets de débarras renfermaient des uniformes d'officier démodés et des chapeaux de femme vieux de cent ans. D'énormes coffres, remplis de châles de soie et de parures de noces, voisinaient avec de vieux clavecins, des violons, des guitares, des flûtes.

Dans les commodes et les armoires gisaient des lettres jaunies et des copies de poésies ; aux murs du vestibule étaient accrochés des fusils de chasse, de gros pistolets et des gibecières de cuir ; les planchers se cachaient sous des tapis de lisière, où se reconnaissaient des restes de robes de soie et de vieux rideaux de coton assemblés dans un même tissage.

La maison avait un grand perron, où la bryone montait tous les ans le long d'un treillage, une porte d'entrée jaune à deux battants, qui se fermait par un loquet et des barres de fer ; un vestibule au plancher jonché de genévrier haché, des fenêtres basses avec beaucoup de petits carreaux et de lourds volets de bois.

Un jour d'été, le vieux colonel Beerencreutz vint faire une visite dans cette maison. Ce devait être peu d'années après son départ d'Ekeby. Il avait, à cette époque, pris pension dans une ferme de paysans, à Svartsjö, et il ne se déplaçait plus que rarement. Il avait gardé sa carriole et son cheval, mais, la plupart du temps, il les laissait se reposer. Il répétait qu'il était devenu vieux pour de bon et que c'est la vie sédentaire qui convient le mieux aux gens âgés.

Beerencreutz trouvait en outre difficile de quitter le travail qu'il avait en train. Il avait entrepris de tisser des tapis pour les deux chambres, de grands tapis multicolores à dessins riches et compliqués. Cette besogne accaparait tous ses instants, d'autant plus qu'il avait une manière particulière de tisser.

Il n'employait point de métier, mais avait tendu les fils de la chaîne à travers une de ses chambres, d'un mur à l'autre. Ainsi il estimait avoir un meilleur aperçu du tapis entier.

Glisser ensuite la navette dans la chaîne et serrer les fils afin de rendre ferme le tissu n'était pas une mince affaire. Il y avait aussi le dessin qu'il avait inventé lui-même et les couleurs qu'il s'agissait de bien harmoniser.

Personne ne saurait se figurer le temps que ce travail prenait au colonel.

Pendant que Beerencreutz s'efforçait avec la chaîne et la trame de faire concorder les figures du dessin, il songeait souvent à Notre-Seigneur. Notre-Seigneur devait être installé devant un métier à tisser autrement grand et devant un dessin bien plus merveilleux. Et le colonel comprenait que, pour que le tissu valût quelque chose, il fallait y introduire des couleurs claires et des couleurs sombres. Parfois, Beerencreutz se laissait aller à réfléchir si longuement à ce sujet qu'il croyait à la fin voir sa vie et celle des gens qu'il avait connus et pu suivre former un petit coin du grand tapis de Dieu. Il voyait si nettement ce bout étalé devant lui qu'il pouvait en distinguer aussi bien les contours que les couleurs. Et si l'on avait pressé Beerencreutz de questions, il aurait avoué que, par le dessin de son tapis, il essayait de reproduire sa propre vie et celle de ses amis, faible imitation de ce qu'il croyait avoir vu représenté dans le métier à tisser du bon Dieu.

Quelque occupé que fût le colonel, il avait gardé l'habitude de faire tous les ans, peu après la Saint-Jean, une petite tournée de visites chez quelques vieux amis.

De tout temps, il avait préféré parcourir le pays à l'époque où le trèfle embaume les prés et où des fleurs bleues et jaunes bordent les routes sur deux rangs ininterrompus.

Cette année-là, le colonel s'était à peine mis en route qu'il rencontra son vieil ami l'enseigne von Œrneclou. Et l'enseigne, qui était toujours en voyage et connaissait tous les domaines du Vermland, lui donna un bon conseil.

« Va à Hallstanaes faire une visite aux Vestblad, dit-il au colonel. Je te dirai, frère Beerencreutz, qu'il n'y a pas de maison où je me plaise mieux.

– Et quel est ce Vestblad dont tu parles ? demanda le colonel. Tu ne veux pas dire ce misérable fou que la commandante d'Ekeby mit un jour à la porte ?

– Mais c'est bien de lui que je parle, fit l'enseigne, seulement Vestblad n'est plus le même qu'autrefois. Il a épousé une demoiselle de bonne famille, une femme tout à fait bien, colonel, et elle l'a transformé et civilisé. C'est une chance tout à fait inattendue pour Vestblad qu'une aussi excellente personne se soit éprise de lui. Elle n'est plus très jeune, mais Vestblad n'est pas jeune non plus. Va à Hallstanaes, mon cher ami, pour contempler ce miracle de l'amour !

Le colonel se rendit donc à Hallstanaes pour vérifier les assertions de l'enseigne von Œrneclou. Il s'était parfois demandé ce qu'avait pu devenir Vestblad. Dans sa jeunesse, celui-ci avait mené une vie si effrénée que la commandante d'Ekeby elle-même n'avait pu lui montrer de l'indulgence. Elle l'avait supporté à Ekeby, à « l'Aile des Cavaliers », pendant deux ans, puis elle s'était vue forcée de le chasser. Vestblad était devenu si vil qu'aucun cavalier n'avait plus voulu le fréquenter. Et voilà qu'Œrneclou prétendait que Vestblad possédait un domaine et avait épousé une femme remarquable.

Lorsque le colonel arriva à Hallstanaes, il vit du premier coup d'œil qu'il se trouvait devant un vieux manoir authentique. Il suffisait, pour s'en assurer, de regarder l'allée de bouleaux aux branches étendues et à l'écorce entaillée d'une multitude d'initiales. Seuls, les grands domaines possédaient, à la connaissance de Beerencreutz, ces bouleaux imposants.

Le colonel engagea sa carriole dans l'allée et avança lentement, de plus en plus content à chaque tour de roue. Il y voyait des haies de tilleuls taillées de la bonne façon et devenues si épaisses qu'on aurait presque pu s'en servir comme d'une estrade, et il découvrait deux terrasses aux marches de pierre, si anciennes qu'elles s'enfonçaient à moitié dans la terre.

En passant devant l'étang, le colonel aperçut les dos sombres des carpes à travers l'eau jaunâtre. Les pigeons s'envolèrent de l'allée dans un battement d'ailes, l'écureuil arrêta sa roue, le chien de garde resta couché, le museau sur ses pattes de devant, se contentant d'agiter la queue en grognant.

Tout à côté du perron, le colonel remarqua une fourmilière, dont les habitants ne se laissèrent point déranger, mais poursuivirent leurs allées et venues incessantes. Il jeta un coup d'œil sur la plate-bande de fleurs qui bordait la pelouse ; toutes les vieilles espèces de plantes y poussaient : narcisses, pervenches, dames-d'onze-heures et joubarbes. Au milieu du gazon, de petites pâquerettes blanches s'étaient installées, si bien acclimatées qu'elles se semaient d'elles-mêmes et étaient considérées comme faisant partie de la mauvaise herbe.

Beerencreutz hocha la tête : il n'y avait pas d'erreur, c'était un véritable manoir. Plantes, animaux et gens devaient tous s'y plaire.

Lorsque enfin il arrêta sa voiture devant le perron, on lui fit le meilleur accueil et, dès qu'il se fut donné un coup de brosse pour chasser la poussière de la route, il fut invité à venir à table. Ce fut un repas avec des plats anciens, savoureux et copieux : comme entremets, on servit des « merveilles », telles que la mère du colonel avait eu l'habitude de lui en offrir quand, écolier, il rentrait à la maison pour les vacances de Noël. Depuis, il n'en avait jamais, ailleurs qu'ici, goûté de pareilles.

Et Beerencreutz observa avec étonnement l'ancien sergent-major Vestblad. Il le voyait aller et venir, paisible et content, une calotte de fumeur sur la tête et une longue pipe à la bouche. Il portait un vieux veston qu'il eut manifestement de la peine à quitter en s'habillant pour dîner. Ce veston était tout ce qui subsistait de l'ancien sauvage que Beerencreutz avait connu. Vestblad s'occupa de ses journaliers, compta les corvées exécutées, inspecta ses champs et ses prés, cueillit une rose pour sa femme en passant par le jardin et ne jura ni ne cracha.

Mais ce qui surprit le plus le colonel, ce fut de voir que le vieux Vestblad tenait une comptabilité. Il avait introduit le colonel dans son bureau et lui avait montré de gros livres à dos de cuir rouge où il inscrivait ses comptes. Il les réglait lui-même à l'encre rouge et à l'encre noire, traçait en lettres rondes les rubriques et les noms, et inscrivait chaque dépense jusqu'au port d'une lettre.

La femme du sergent-major, qui était « née », appela Beerencreutz « Cousin ». Ils en arrivèrent vite à se trouver des liens de parenté et parlèrent de leurs parents. Et Beerencreutz éprouva une telle confiance en madame Vestblad qu'il finit par la consulter au sujet de son tissage.

Il était tout naturel que Beerencreutz passât la nuit à Hallstanaes. On le fit coucher dans un large lit à baldaquin, sur une pile de matelas de plume, dans la plus belle chambre d'amis à droite du vestibule, à côté de la chambre à coucher des hôtes.

Le colonel s'endormit aussitôt la tête sur l'oreiller, mais au milieu de la nuit, il se réveilla. Il se leva et alla ouvrir les volets.

Sa chambre donnait sur le jardin et, dans la claire nuit d'été, il voyait tous les vieux pommiers rabougris de la propriété, aux feuilles mangées par les chenilles, aux branches soutenues par de nombreux étais. Parmi eux il voyait le vieux pommier sauvage grâce auquel en automne on aurait pu remplir des tonneaux de petites boules immangeables. Il voyait les plants de fraisiers où les fruits commençaient à rougir sous le feuillage touffu.

Le colonel regardait le jardin de tous ses yeux, comme s'il n'avait pas eu les moyens de perdre du temps à dormir. Sous sa fenêtre, à la ferme, une côte pierreuse plantée de quelques genévriers était tout ce qui s'offrait à sa vue. Un homme comme Beerencreutz ne pouvait pas ne pas se sentir plus à sa place au milieu de haies bien taillées et de rosiers en fleur.

Quand par une calme nuit on regarde un jardin, on a souvent l'impression qu'il n'est pas réel. Il peut être calme au point qu'on se croirait au théâtre, où les arbres sont peints et les fleurs artificielles. Le colonel éprouvait quelque chose de ce genre : il n'est pas possible, songea-t-il que tout cela soit la réalité. Je suis le jouet d'un rêve.

Mais à ce moment quelques pétales de roses tombèrent du grand rosier devant la fenêtre, et il sentit que tout était bien réel. Jour et nuit, la même paix régnait ici.

En se recouchant, il laissa les volets ouverts. Étendu dans son lit dressé très haut, il contemplait le rosier, qui exerçait un grand charme sur lui. Comment un homme comme Vestbald pouvait-il posséder un paradis pareil ?

Plus le colonel songeait à Vestblad, plus il trouvait surprenant qu'un tel cheval eût trouvé une telle écurie.

Il ne valait pas cher, au moment où il avait été chassé d'Ekeby. Personne n'aurait pu prévoir qu'il deviendrait un jour un homme rangé et fortuné.

Le colonel eut un petit rire en se demandant si Vestblad se souvenait encore de la façon dont il s'amusait autrefois quand il vivait à Ekeby. Dès qu'il y avait une nuit particulièrement sombre et vilaine, il se frottait de phosphore, montait sur un cheval noir et passait près des usines, où les forgerons et les meuniers avaient leurs demeures. Si, jetant un coup d'œil par la fenêtre, une vieille femme voyait passer au galop un cavalier qui répandait une lueur bleuâtre, elle se hâtait de fermer non seulement ses volets mais sa cheminée, exhortant son entourage à dire des prières, car cette nuit-là le Malin faisait la chasse aux âmes. Eh oui, bien des gens s'amusaient à effrayer ainsi les peureux. Mais Vestblad avait poussé la plaisanterie plus loin que personne.

Une vieille pauvresse était morte à Viksta, cabane de journaliers d'Ekeby. Et Vestblad l'avait appris, et en même temps, qu'on avait placé le corps dans une grange.

La nuit venue, Vestblad, habillé de ses vêtements phosphorescents et monté sur son cheval noir, était parti ventre à terre. Les gens de la cabane, qui n'étaient pas couchés, avaient aperçu un cavalier vêtu de feu s'approcher de la grange où se trouvait la morte, en faire trois fois le tour, puis y pénétrer. Ensuite on avait vu le cavalier ressortir, refaire trois fois le tour de la maison, et disparaître.

Le matin, en venant à la grange, on n'avait plus retrouvé le cadavre. Persuadés que le diable avait emporté la morte en enfer, les gens se contentèrent de cette explication.

Mais une quinzaine de jours plus tard, on retrouva le corps jeté sur le foin du fenil, et l'affaire fit grand bruit. On identifia le cavalier de feu, les paysans le guettèrent pour lui administrer une sévère correction et la commandante ne voulut plus l'admettre à sa table ni dans sa maison. Elle remplit la cantine du sergent de provisions de bouche et le mit à la porte.

Et Vestblad s'en alla par le monde et fit fortune.

Soudain le colonel eut une sensation bizarre ; il éprouvait quelque chose qui ressemblait à de la peur. Jusqu'ici il n'avait pas bien réfléchi à la hideur de cette vieille histoire. Peut-être même en avait-il ri ; dans ce temps-là il n'avait guère coutume de s'inquiéter de ce qui arrivait à une vieille pauvresse. Mais, Dieu du ciel, quelle n'aurait pas été sa fureur s'il s'était agi de sa propre mère !

Une sensation d'étouffement saisit le colonel. Il respira péniblement. L'acte de Vestblad se présenta à lui dans toute son horrible vilenie. Cela devint un cauchemar. La morte n'allait-elle pas surgir de derrière le lit ? Il semblait au colonel qu'elle ne devait pas être loin.

Des quatre coins de la pièce, il entendit proclamer avec une certitude effrayante : « Dieu ne pardonnera pas cet acte. Dieu ne l'a pas oublié. »

Le colonel ferma les paupières, et tout à coup il eut devant les yeux le grand métier à tisser de Dieu, où l'étoffe était faite des destinées humaines. Il crut voir le carreau qui était celui du sergent-major Vestblad. Il le voyait de trois côtés entouré de sombres couleurs. Et lui, qui s'entendait un peu au tissage et aux destins, comprit que le quatrième côté devait nécessairement lui aussi être bordé d'une teinte foncée. C'était indispensable, sinon tout le dessin serait raté.

Une sueur froide perla au front du colonel. Il contemplait la loi la plus dure, la plus impitoyable du monde. Il voyait qu'un homme ne peut échapper aux conséquences de ses fautes passées.

Et il y avait des gens qui croyaient faire exception à cette loi ; alors que tout était tracé et dessiné, qu'une couleur en commandait une autre ! Le colonel Beerencreutz se redressa brusquement dans son lit. Il éprouvait le besoin de regarder dehors, de voir des fleurs, des roses, et de chercher à se convaincre que Notre-Seigneur pourrait peut-être quand même oublier.

Comme le colonel allait poser le pied à terre, la porte de la chambre à coucher des Vestblad s'ouvrit et un homme étranger à la maison passa la tête par l'entrebâillement et fit un signe au colonel.

Il faisait si clair que le colonel vit l'homme très nettement. Celui-ci possédait le visage le plus laid que Beerencreutz eût jamais vu. Il avait de petits yeux gris de cochon, un nez épaté et une courte barbe broussailleuse. Il serait injuste de dire qu'il ressemblait à un animal, car les animaux sont généralement beaux, mais il donnait une impression de bestialité. Sa mâchoire inférieure était proéminente, son menton gros et lourd et son front disparaissait sous sa tignasse.

Il fit trois fois signe de la tête au colonel et, à chaque fois, sa bouche se tordait en un ricanement. Puis il tendit une main rouge de sang, qu'il exhiba d'un air de triomphe.

Jusqu'ici le colonel était resté immobile, comme paralysé, mais alors il bondit vers la porte. Déjà, l'homme avait disparu et la porte était refermée.

Le colonel s'apprêtait à appeler et à cogner à cette porte, quand tout à coup il crut se souvenir de l'avoir lui-même verrouillée de son côté la veille au soir. En l'examinant il la trouva en effet fermée au verrou.

Un peu honteux d'avoir à son âge vu des fantômes, le colonel retourna se coucher, sans plus.

La nuit se passa et après avoir pris son déjeuner du matin, Beerencreutz se sentit de plus en plus en colère contre lui-même. Ne s'était-il pas laissé effrayer par ses propres songes au point d'avoir tremblé tandis qu'une sueur froide perlait à ses tempes. Il n'eut garde de parler de cette histoire.

Dans le courant de la journée, Vestblad l'emmena faire un tour sur ses terres, et voilà qu'en passant devant un ouvrier occupé à travailler à un fossé, le colonel reconnut en lui, trait pour trait, son visiteur nocturne.

« Mon cher, voilà un homme que je ne garderais pas un jour à mon service », dit Beerencreutz, après qu'ils eurent fait quelques pas.

Et il raconta à Vestblad sa vision. « Je vous la raconte pour vous mettre en garde et pour que vous congédiiez immédiatement cet homme. »

Mais Vestblad n'en voulut pas entendre parler. Cet ouvrier ne pouvait être renvoyé. Et comme Beerencreutz insistait, Vestblad finit par avouer qu'il avait de très grands torts vis-à-vis de cet homme. C'était le fils d'une vieille journalière, morte à Viksta, près d'Ekeby. « Vous vous rappelez certainement cette histoire, frère Beerencreutz ?

– S'il en est ainsi, je préférerais aller jusqu'au bout du monde, plutôt que de vivre un seul jour près de cet homme. »

Une heure plus tard, le colonel prit congé. Il était entré dans une telle colère en voyant Vestblad négliger son avertissement qu'il refusa de lui parler plus longtemps.

« Un malheur arrivera avant que je ne revienne », dit-il en prenant congé de Vestblad.

L'année suivante à la même époque, le colonel se préparait à se rendre à Hallstanaes. Mais avant d'atteindre le but de son voyage, il apprit de sinistres nouvelles. Un an, jour pour jour après la nuit passée à Hallstanaes par le colonel, le sergent Vestblad et sa femme avaient été trouvés assassinés dans leur chambre à coucher. Le meurtrier était un des journaliers du domaine, un homme à cou de taureau, au nez épaté et aux petits yeux de cochon.

# L'eau pure

C'était au temps où Notre-Seigneur et saint Pierre cheminaient sur les routes de ce monde.

Un samedi, ils arrivèrent tout épuisés dans un village où ils ne connaissaient pas une âme. Ils furent obligés d'aller à l'auberge et d'y demander un gîte. L'aubergiste les reçut avec amabilité et leur promit de les garder pour la nuit, s'ils voulaient se contenter de coucher sur les bancs de la salle commune. Or, il était bien clair qu'en cet endroit ils ne pouvaient s'attendre à goûter le moindre repos, mais Notre-Seigneur et saint Pierre n'en remercièrent pas moins leur hôte et dirent qu'ils ne désiraient rien de mieux.

Ils se couchèrent donc sur les bancs et s'endormirent aussitôt. Mais au milieu de la nuit un violent tapage les réveilla. Quatre individus à moitié ivres venaient d'arriver et faisaient un tel bruit dans la salle que toute la maisonnée fut tirée de son sommeil. Les nouveaux venus se mirent ensuite à jouer aux cartes et à boire, tout en jurant et en se querellant entre eux.

Notre-Seigneur et saint Pierre ne purent fermer l'œil de tout le reste de la nuit, et on devine qu'il ne leur eût pas été difficile de reconnaître les étrangers, s'il leur était arrivé de les rencontrer en quelque autre lieu.

Les pauvres voyageurs se levèrent de bon matin le lendemain, remercièrent l'aubergiste et se mirent en route. Mais ils n'avaient pas fait beaucoup de chemin qu'ils rencontrèrent des gens se rendant à l'église et en même temps ils entendirent les cloches, qui sonnaient pour le service divin. Et ils décidèrent d'aller à l'église eux aussi.

En pénétrant dans la nef, ils trouvèrent une bonne place et entonnèrent le premier psaume avec une grande ferveur. Mais le prêtre ne s'était pas plus tôt avancé près de l'autel que saint Pierre se leva et sortit de l'église. Il ferma la porte du banc avec bruit et, en marchant il frappait le dallage de ses talons comme s'il eût voulu montrer au pasteur et à tous les fidèles qu'il ne voulait pas rester dans cette église.

Après être sorti, il alla s'asseoir sur le petit mur du cimetière, mais assez loin pour ne plus entendre ni le chant ni le sermon. Notre-Seigneur resta sur son banc jusqu'à la fin du service. En sortant il aperçut saint Pierre assis sur le mur avec un air extrêmement offensé.

« Tu ne voulais donc pas écouter le sermon, saint Pierre ? » dit Notre-Seigneur d'un ton affable.

Saint Pierre ne répondit rien. L'expression de son visage disait clairement : « Ne m'approche pas, je ne voudrais pas te toucher avec des pincettes. »

Notre-Seigneur faisait mine de ne rien voir. Il demanda encore une fois à saint Pierre pourquoi il n'était pas resté au culte pour entendre le beau sermon du pasteur.

« Ce n'est pas tous les jours qu'on entend un pasteur pareil, dit Notre-Seigneur.

– Cela dépend des exigences que l'on a en ce qui concerne les sermons », répondit saint Pierre en regardant droit devant lui.

Notre-Seigneur voyait bien que saint Pierre ne faisait pas plus de cas de lui que d'une guigne, car saint Pierre balançait ses jambes et regardait en l'air en sifflotant.

« Demande à qui tu voudras, parmi les fidèles, si ce n'était pas là un beau sermon », reprit Notre-Seigneur.

Saint Pierre alors fut à bout de patience. Il sauta à bas du mur et regarda Notre-Seigneur avec sévérité.

« Tu ne veux pourtant pas m'en faire accroire, s'écria-t-il. Tu voyais certes aussi bien que moi qui était ce pasteur.

– Mais je n'ai jamais dit le contraire, dit Notre-Seigneur.

– C'est bien ce que je pensais, reprit saint Pierre. Tu as reconnu que c'était l'un de ces individus qui ont fait tout ce vacarme cette nuit à l'auberge. Tu l'as vu comme moi, les cartes en main et le gobelet à la bouche, et tu ne sais même pas s'il a cuvé son vin ! Et voilà que tu restes assis à l'entendre prêcher. Mais moi je ne te suivrai pas sur ce chemin-là. »

Et saint Pierre, se détournant, s'éloigna de l'église. Notre-Seigneur ne répondit rien, mais suivit humblement son disciple.

Ils cheminèrent longtemps ainsi l'un derrière l'autre. La poussière s'élevait sous leurs pas et le soleil tapait, comme il arrive souvent lorsqu'on revient de l'église un dimanche en plein midi.

Saint Pierre mourait de soif et il aspirait ardemment à trouver un peu d'eau. Il savait bien qu'il n'avait qu'à appeler Notre-Seigneur à son aide, pour qu'aussitôt son Maître lui indiquât une source toute proche : mais saint Pierre ne tenait pas à devoir de la reconnaissance à Notre-Seigneur. Et ils allaient, ils allaient et le soleil tapait et brûlait.

Enfin saint Pierre tourna la tête, et il vit que Notre-Seigneur le suivait d'un air d'humilité accablée.

« Il regrette son attitude de tout à l'heure, se dit saint Pierre. Il serait content que je lui dise quelques paroles amicales. »

Il s'arrêta, et s'adressant à Notre-Seigneur :

« Au moins s'il était en ton pouvoir de nous procurer une gorgée d'eau », dit-il.

À peine avait-il parlé que Notre-Seigneur quitta la route et s'enfonça dans la forêt. Peu après il appela saint Pierre et, d'un signe, lui montra une source qui jaillissait du sol, sous une paroi rocheuse.

Saint Pierre se jeta à terre et, se servant de ses mains comme d'une coupe, il but.

« Cette eau est-elle bonne ? demanda Notre-Seigneur.

– Oh oui, je te certifie qu'elle est bonne », dit saint Pierre.

Alors Notre-Seigneur enfonça son bâton de voyageur dans la source qu'il partagea en deux, et saint Pierre vit que cette eau pure et fraîche s'écoulait hors d'une tête de mort toute pourrie qui gisait au fond. Mais il continua à boire.

« Ne vois-tu pas la tête de mort au fond de la source ? dit Notre-Seigneur. Ne trouves-tu pas que c'est dégoûtant ?

– Qu'est-ce que cela peut bien faire du moment que l'eau est fraîche et pure ?

– Ne vois-tu pas que la tête de mort est rongée de vers et couverte d'un liquide visqueux et vert ?

– Celui qui comme moi a marché longtemps, le sac sur le dos et le bâton à la main, s'entend, il me semble, à reconnaître si une eau est potable, dit saint Pierre. Laisse donc la pourriture grimacer là-dessous tant qu'elle voudra. De toute façon, l'eau est pure et bonne. »

Et il but jusqu'à ce qu'il eût étanché sa soif.

« Saint Pierre, saint Pierre, dit Notre-Seigneur. Tu admets que l'eau peut être pure même si elle jaillit d'une tête de mort, mais tu ne comprends pas que la parole de Dieu est si sacrée, si intangible, si inviolable qu'elle garde sa splendeur même lorsqu'elle passe par des lèvres pécheresses. »

# Magister Frykstedt

Ma vieille tante Nana Lagerlöf, qui avait épousé le pasteur doyen de Karlskoga, Tullius Hammargren, n'était pas une admiratrice de la *Légende de Gösta Berling*.

« La vie à cette époque-là n'était pas du tout telle que tu l'as décrite, me dit-elle, peu de temps après la publication du livre. Tu ne présentes bien ni les hommes, ni les femmes. »

Ma tante semblait presque craindre que mon œuvre ne fît voir sous un mauvais jour les Vermlandais et leur pays.

J'avoue que je ne m'étais pas attendue à ce jugement sévère, venant de la femme du pasteur de Karlskoga, qui racontait si volontiers de vieilles histoires de Vermland. Je savais bien que non seulement quelques-unes de ses meilleures anecdotes, mais surtout sa manière de voir et de juger les gens d'autrefois, se retrouvaient dans la *Légende de Gösta Berling.*

Ma tante, n'estimant pas que mon livre méritât ses éloges, évitait en général d'y faire allusion, pendant que je faisais ma visite de vacances coutumière au presbytère. Un jour, cependant, elle eut l'idée de me demander qui avait servi de modèle à mon Gösta Berling.

Je répondis que mon héros était le fils d'un pasteur de Sunne, dont mon père m'avait parlé. Par sa seule présence il mettait de l'animation dans une fête : le piano le plus mauvais prenait un son puissant et moelleux, dès que ses doigts couraient sur le clavier.

Ma vieille tante vit aussitôt de qui je voulais parler.

« Ah, c'est Kalle Frykstedt, fit-elle, j'ai bien pensé que tu avais songé à lui. »

Je n'osais pas l'interroger sur la ressemblance du portrait. Mais je lui demandai si, dans sa jeunesse, elle avait bien connu Kalle Frykstedt. La maison paternelle de ma tante, à Mårbacka, n'était distante du presbytère de Sunne que d'environ dix kilomètres, et elle avait dû y assister à bien des fêtes.

Non, elle n'avait pas vu Kalle Frykstedt chez lui. Il était bien plus âgé qu'elle. Mais elle l'avait rencontré plusieurs fois à Karlstad, après son mariage avec mon oncle Hammargren.

Mais alors, c'était peut-être déjà à l'époque de sa déchéance ?

« Sa déchéance ! » s'écria madame Hammargren d'une voix indignée. Et elle fixa sur moi un regard interrogateur, comme si elle eût été hors d'état de comprendre ce que je voulais dire.

Or, ma tante avait toujours vécu, pour ainsi dire, au centre d'un cercle magique, créé par elle-même. Belle, bien douée et charmante, tant autrefois qu'à présent encore, elle avait trouvé, chez ceux qui croisaient sa route, un empressement unanime à lui montrer leurs bons côtés. Elle de son côté leur était fidèle et les considérait à jamais comme des êtres de génie, francs, nobles et généreux. Ce n'est pas qu'elle fût une enfant inexpérimentée, elle connaissait les mobiles mesquins ou insensés de la plupart des actes des hommes, mais elle écartait fièrement cette connaissance et elle exigeait des autres qu'ils en fissent autant. Elle resta silencieuse un moment, laissant reposer son tricot sur ses genoux. Mais bientôt elle leva les yeux et sourit avec finesse.

« Attends et tu sauras quel homme était Kalle Frykstedt », dit-elle, et je compris qu'elle entendait me prouver combien j'avais mal dépeint mes Vermlandais.

« C'était au temps où j'étais jeune mariée », commença-t-elle.

Je sus immédiatement que j'allais entendre raconter quelque chose de tout à fait joli. Les histoires les plus exquises de ma tante se passaient au temps où son mari était professeur au lycée d'Amat et où le jeune ménage vivait de ressources incroyablement réduites. Je n'oublierai jamais l'histoire d'une certaine caisse de déménagement qui devint leur premier canapé de salon. Elle parlait de cette caisse avec un tel mélange d'émotion et de drôlerie que je ne vois jamais une grande caisse de bois sans me sentir à la fois attendrie et prête à rire.

Elle raconta donc qu'après un an de mariage, son mari avait décidé de passer un examen de théologie ; il avait son grade de « magister », mais dans ces temps-là, il était d'usage que les professeurs fussent aussi pasteurs.

« L'a-t-on obligé à retourner à Upsal ? demandai-je.

– Non, non, il a pu passer son examen théologique devant le chapitre de Karlstad. »

Ma tante et son mari quittèrent donc leur petit intérieur à Amat et s'intallèrent à Karlstad, où ils restèrent tant que durèrent les études de mon oncle en vue d'obtenir son titre de pasteur, et pendant tout ce temps ils durent vivre d'argent emprunté.

« Comment avez-vous osé risquer une pareille aventure ? dis-je.

– Il le fallait, répondit ma tante, et sa voix disait assez les angoisses de cette entreprise hardie.

– Mais ce n'est pas de nous que je voulais parler, reprit-elle, mais de Kalle Frykstedt. Il était du nombre de ceux qui voulaient se présenter à cet examen et il était venu le préparer à Karlstad, comme Hammargren. Depuis quelques années, il avait eu des préceptorats à droite et à gauche, et, finalement, quelques amis lui avaient conseillé de passer cette épreuve de théologie pour pouvoir enfin gagner honorablement son pain.

– Et quand vous l'avez rencontré, ma tante, vous en avez été charmée comme tout le monde ?

– Au début j'avais plutôt peur de lui, car il était rare qu'il ne fût pas ivre.

– Tiens ! fis-je, tout effarée. Mais je croyais...

– Tu m'as parlé de sa déchéance, dit ma tante. Kalle Frykstedt avait des connaissances si approfondies et tant de génie que ces messieurs du chapitre, qui devaient lui faire passer l'examen, se sentaient presque effarés devant une pareille tâche. Mais il est vrai qu'il buvait. Hammargren et les autres lui cachaient ses souliers, la veille d'un examen, de crainte qu'il ne passât la nuit au cabaret et ne fût incapable le lendemain matin de se tenir sur ses jambes. »

En entendant ces détails, je me dis qu'ils cadraient mieux avec mon Gösta Berling que je ne pouvais l'espérer, mais je n'eus garde d'en souffler mot.

« Et passa-t-il jamais son examen ? demandai-je.

– Mais oui, il le passa en même temps que mon mari et avec les meilleures mentions, mais je t'avoue que j'aurais préféré qu'il eût échoué », ajouta-t-elle.

J'eus d'abord l'idée que ma tante s'était rendu compte que Kalle Frykstedt n'était guère fait pour exercer le ministère du pasteur, mais c'est là une chose qu'elle n'aurait certainement jamais avouée. Il ne pouvait y avoir rien de critiquable dans les us et coutumes des anciens temps, et elle ne fit pas mine de trouver que ce ne fût pas tout naturel que Kalle Frykstedt fût consacré pasteur et qu'il eût la charge d'une paroisse. Non. C'est pour une tout autre raison qu'elle avait souhaité son échec. Elle et son mari s'étaient crus forcés de donner le jour de l'examen un dîner en l'honneur de l'Évêque, du chapitre et de tous les camarades de Hammargren. Ma tante, persuadée que Kalle Frykstedt s'enivrerait et gâterait le plaisir de tous, aurait bien voulu l'exclure de la fête, mais comme il venait de passer brillamment son examen, force fut de l'inviter. Elle fit sans entrain les préparatifs du dîner. Son mari et elle avaient loué une petite maison avec la chambre à coucher et la salle à manger au premier, la cuisine et le cabinet de travail au rez-de-chaussée. Il faut bien reconnaître que cc n'était pas précisément le local rêvé pour un dîner présidé par l'Évêque. Quant à la nourriture, elle ne lui causa pas trop de souci, car sa mère lui envoya l'essentiel de Mårbacka. Mais elle ne possédait pas suffisamment de vaisselle, de verrerie et d'argenterie pour des invités aussi nombreux. Elle dut emprunter à des amis et connaissances ce qui lui manquait. Son plus gros souci était cependant l'obligation où elle se trouvait de convier à sa table Kalle Frykstedt.

Le dîner eut donc lieu, l'Évêque vint avec tout le chapitre, les camarades d'examen également, et parmi eux Kalle Frykstedt et, chose curieuse, ce dîner fut la plus brillante réception que ma tante eût jamais donnée.

Je songeai à l'hôtesse charmante et intéressante qu'était encore ma tante, bien qu'âgée maintenant. Au temps où elle possédait la beauté et la gaieté de la jeunesse, elle devait être irrésistible. Je lui demandai doucement s'il fallait lui attribuer à elle-même le succès de ce dîner ; mais elle nia absolument y avoir été pour quoi que ce soit. Le mérite en revenait au magister Frykstedt.

Il était si beau d'abord, avec ses yeux profonds et mélancoliques et son opulente chevelure bouclée. Une allégresse noble et solennelle émanait de sa personne ; la joie d'avoir obtenu l'accès d'une nouvelle carrière l'avait rempli d'un grave et bel enthousiasme.

Ma tante n'avait jamais cru personne capable d'une aussi puissante inspiration. Il fit plusieurs discours, non pas de ces simples et banales allocutions que l'on prononce à la fin des repas, mais des discours pleins de pensées profondes. Les moindres propos qu'il tint à ce repas avaient un tel intérêt que l'assistance tout entière ne chercha plus qu'à l'écouter. Il devint le centre de toutes les conversations, et il entraîna les convives vers des mondes inconnus. Mais bien qu'on fût tout à fait émerveillé par les idées hardies et élevées qu'il exprimait, tous trouvèrent néanmoins que lui-même était le plus grand miracle. On jouit du spectacle édifiant de voir briller le génie dans une âme humaine.

Parmi les invités se trouvaient des personnalités éminentes. L'Évêque Agardh était une célébrité, l'hôte ainsi que plusieurs d'entre les convives étaient des hommes intelligents et pleins d'esprit. Électrisés par Kalle Frykstedt, ils furent soulevés au-dessus de leurs pensées grises et terre-à-terre et amenés à prononcer des paroles profondes et éloquentes. Mais personne ne l'égala.

Aussi longtemps que le « magister » Frykstedt resta à table, il trempa à peine ses lèvres dans le vin ; d'ailleurs, à ce banquet, personne ne fit grande attention à ce qu'on mangeait et buvait. Les invités n'en restèrent pas moins à table heure après heure. Quand enfin l'Évêque se leva et remercia ses jeunes hôtes de leur charmante hospitalité, il affirma qu'il n'avait jamais assisté dans sa bonne ville de Karlstad à un dîner plus agréable. En même temps que l'Évêque, la plupart des hommes âgés prirent congé, et l'hôtesse elle-même se retira.

Mais la plupart des jeunes ne purent se résoudre à aller se coucher. Ils se transportèrent avec les bouteilles et les verres dans le cabinet de travail du rez-de-chaussée, et la fête dura jusqu'au jour.

Kalle Frykstedt faisait de magnifiques discours, mais commençait aussi à boire. Vers le matin, il parlait, appuyé contre la table où se trouvaient rangés les bouteilles et les verres. Soudain il tituba, tomba et entraîna dans sa chute le tapis et avec lui tout ce qui se trouvait sur la table.

Quand ma tante se réveilla le lendemain matin, elle avait à peine eu le temps de songer au succès de son dîner de la veille et de s'en féliciter qu'elle apprit la catastrophe : une quantité de carafes et de verres étaient brisés. Qu'on se figure sa consternation et son ennui ! La perte aurait été regrettable même si les objets cassés lui avaient appartenu ; or, presque tous étaient empruntés. Il y avait parmi eux des choses anciennes, des héritages de famille qu'il n'était pas possible de racheter et de rendre. Ma tante pleura en songeant aux dépenses qu'elle et son mari seraient forcés de faire pour indemniser en partie les prêteurs, à toutes les excuses qu'elle aurait à présenter, et à la contrariété qu'éprouveraient les amis, l'accusant de n'avoir pas mieux fait attention à leurs biens.

Dans la matinée, Kalle Frykstedt vint faire une visite de digestion. Ma tante essuya ses larmes et le reçut avec son sourire habituel. Complètement dégrisé, il parla de la charmante fête, puis de choses et d'autres. Mais son maintien indiquait une certaine inquiétude. Il scrutait le visage de ma tante, semblant attendre une explosion de colère ou d'amertume. Il finit par présenter une espèce d'excuse.

« Je ne me rappelle pas bien..., fit-il en se passant la main sur le front.... mais j'ai une vague impression... j'espère que je ne me suis pas mal conduit hier soir ?

– Mais non, dit ma tante, et je me figurai bien le délicat sourire qu'elle adressa au jeune homme. Vous ne vous êtes nullement mal conduit, monsieur Frykstedt. C'est vous qui nous avez divertis – ce n'est pas assez dire –, qui nous avez charmés tous. »

Il la regarda d'un air interrogateur. La réponse de ma tante ne l'avait pas entièrement rassuré.

« Je tiens à vous faire mes excuses, s'il y avait quand même...

– Vous n'avez pas d'excuses à me faire, monsieur Frykstedt », dit ma tante d'une voix ferme et décidée.

J'ai parfaitement compris pourquoi elle lui avait fait cette réponse. Cet homme lui avait occasionné des ennuis et de grosses dépenses, mais en revanche, elle avait fait la connaissance d'un esprit supérieur, d'un être génial, et elle se refusait à avouer qu'elle connaissait son vice dégradant.

« Ah, que je suis donc heureux ! s'était écrié le malheureux. Que je suis donc heureux ! »

Là-dessus il avait baisé la main de ma tante comme un mendiant qui a reçu une aumône. Puis il s'était redressé, retrouvant son esprit étincelant de la veille.

J'ai fait comme lui : j'ai baisé la main de ma tante en refoulant avec peine les larmes qui me montaient aux yeux. Il y avait toujours en elle un je ne sais quoi de séduisant et de touchant à la fois. Tout son être respirait la poésie, la poésie des gens du temps passé.

J'ai bien compris la leçon qu'elle avait voulu me donner, mais en même temps, je me suis sentie pleine d'allégresse.

« Hommes et femmes de jadis, me disais-je, vous avez beau le nier, vous étiez bien tels que je vous ai vus au cours d'un long rêve. »

## Paix sur la terre

Que de choses étranges se sont passées au temps jadis !

Les gens de la maison sont tous réunis dans la salle un soir de Noël. En eux et autour d'eux règne la paix d'une veille de fête. Les bêtes ont eu leur fourrage, les bains dans l'étuve sont terminés, tout le monde a mis ses habits de fête, une mince couche de paille est répandue sur le sol battu, deux chandelles brûlent et à leur lumière, le maître, assis au haut bout de la table, fait la lecture de l'Évangile.

Pendant qu'il lit le récit de l'adoration des bergers et le message de paix des anges, la porte s'ouvre, pas entièrement, juste assez pour permettre à une personne du dehors de jeter un coup d'œil dans la pièce sans être vue elle-même. Un peu après, quelqu'un se faufile dans la salle, comme un coup de vent, par l'entrebâillement de la porte, tire soigneusement le battant et le ferme au crochet et à la barre.

Le maître de maison, qui lit à haute voix, entend bien que quelqu'un est entré, mais n'interrompt pas sa lecture, jusqu'à ce que sa fille mariée, assise à côté de lui, pose avec effroi sa main sur le bras de son père : « Père, père, chuchote-t-elle. Regarde, père ! »

Sa voix trahit un tel mélange de stupeur et d'angoisse que le père interrompt sa lecture, ôte ses lunettes et regarde du côté de la porte.

La maison est grande, comme d'ordinaire ici dans le Nord, où le bois de charpente abonde ; elle est toute grise, en dedans comme au dehors. Ce n'est pas la demeure de pauvres gens, néanmoins tout est devenu gris par l'âge et la fumée : murs, planchers, plafonds. Il n'y a que la grande pendule et la haute armoire qui sont peintes en bleu et brun.

Quand le maître dirige ses regards vers la porte, il ne distingue pas d'abord la personne qui est entrée. Il ne croit voir que des planches et des poutres grises.

Il se tourne vers sa fille mariée. Le visage de la jeune femme est toujours bouleversé et ses yeux regardent fixement le coin de la porte.

« À côté du chambranle », chuchote-t-elle pour guider les yeux de son père, et celui-ci découvre maintenant, appuyé au montant, quelque chose de gris et de desséché, quelque chose qui ressemble à une souche ou au tronc d'un arbre abattu par le vent.

Le père ne se rend pas bien compte de ce que c'est. Cette souche est couverte d'écorce de bouleau et de lambeaux de peaux de bête, et en bas il aperçoit deux pieds, incomplètement couverts de souliers d'écorce déchirés, et il voit que ce sont des pieds humains, si décharnés que les doigts semblent vouloir se détacher les uns des autres.

Tout à coup il comprend pourquoi il n'a pu se rendre compte de ce qu'il voit. L'être près de la porte a une longue chevelure grise rejetée en avant, et qui couvre le visage. Une main, aussi décharnée que les pieds, écarte les cheveux d'un côté, et un œil apparaît, un œil à l'affût comme celui d'un animal sauvage dans son repaire.

« C'est une femme, se dit le père, en voyant les longs cheveux. Elle a dû vivre dans la forêt avec un proscrit, c'est pourquoi elle n'est vêtue que d'écorce et de peaux de bêtes. Mais pourquoi Magnhild en a-t-elle si peur ? Un être aussi faible et émacié est pourtant bien inoffensif. Magnhild croirait-elle par hasard que c'est un troll ? »

Il se tourne vers sa fille pour la calmer. Elle s'est levée à moitié de son banc ; ses regards ne se détournent pas un instant de la malheureuse près de la porte.

Son père la regarde, ne pouvant comprendre ce qu'éprouve sa fille, elle qui en général n'a peur ni de l'ours ni des trolls.

Il regarde autour de lui. Tout le monde a les yeux tournés vers la porte. Voici le fils : ce n'est qu'un gamin, il vient d'avoir quinze ans. Il n'a jamais vu personne qui ait l'air aussi étrange, et il semble avoir envie de rire. Le gendre, lui, s'est levé, l'air furieux. Quel que soit cet être près de la porte, il saura protéger le foyer contre lui. Les deux vieilles servantes, effarées, se blottissent près de la cheminée, et elles attirent à elles les petits enfants, qui pleurent et enfouissent leurs têtes dans les jupes des vieilles. C'est compréhensible, pense le père. Les enfants et les bonnes femmes sont facilement effrayés. Mais Magnhild ?

Le père comprend que c'est de lui, le maître de maison, que tout le monde attend une parole. Il se lève lourdement et s'éclaircit la gorge pour gagner du temps. Mais Magnhild l'attire et le force à se rasseoir.

« Chut ! Chut ! » fait-elle. Et le père, qui n'aime pas agir quand il n'a pas bien compris ce dont il est question, se laisse faire et demeure à sa place.

À ce moment, la fille mariée se lève. Elle s'approche de la porte, s'arrête, fait encore un pas et s'arrête de nouveau. Elle a l'air de quelqu'un qui s'approche d'une maison en flammes, désireux d'y entrer pour sauver ses biens. Mais arrivée à deux pas de l'être inconnu, elle retourne à sa place et s'assied à côté de son père.

« J'ai cru la reconnaître », dit-elle tout bas, comme se parlant à elle-même.

« La reconnaître ? pense le père. Que veut-elle dire ? Comment pourrait-elle connaître quelqu'un d'aspect aussi minable ? »

À ce moment, l'étrangère commence à bouger. Elle avance à pas traînants et lourds sur le sol couvert de paille. Sur ses pieds demi-nus aux longs orteils maigres, elle semble marcher avec des pattes d'oiseau. Elle ne s'approche de personne, mais va à la pendule, placée en encoignure dans sa haute caisse. Arrivée là, elle s'arrête et écoute longuement.

La fille mariée redevient inquiète : « Père, dit-elle, la pendule n'était pas là au moment où Urd a disparu. Est-ce possible que ce soit elle ? »

Le père toussote encore une fois. « Ah, Magnhild songe à Urd, sa sœur aînée, disparue depuis dix ans. Et ce serait cela, Urd ! » Le père crache loin de lui par terre, crache pour ainsi dire son mépris d'une idée pareille. Urd qui était si belle, si blanche et rose, si blonde, si jeune, si exquise ! L'étrangère n'est certainement qu'une pauvre vieille, mourant de faim, venant d'un village perdu de proscrits.

« Quelle folie ! »

Le gendre lui jette un regard interrogateur, et le père acquiesce d'un signe de tête : il faut se débarrasser de cette folle. Que Magnhild lui donne un peu à manger, ensuite la malheureuse pourra coucher dans un coin de l'étable. Le temps est doux, c'est un hiver sans neige, elle ne sera pas à plaindre. Mais ici il est impossible de se recueillir en ce soir de fête avec une demi-folle qui va et vient dans la pièce.

L'ordre du père n'est pas obéi. Magnhild s'approche de son mari. « Tu ne reconnais pas Urd, toi non plus ? » Le mari a un haut-le-corps. Il jette un regard sur l'étrangère et paraît sur le point d'éclater de rire. Ce serait là Urd ? Lui, mieux que personne, devrait bien reconnaître Urd. Il y a dix ans, il allait l'épouser. Mais elle disparut huit jours avant le mariage.

Il jette encore un coup d'œil sur la pauvresse. C'est manifestement une vieille femme usée, courbée, aux cheveux gris, avec une peau semblable à du cuir tanné. Comment Magnhild peut-elle se figurer un instant qu'on se trouve en présence d'Urd ? Mais c'est la marotte de Magnhild, cette peur de voir revenir sa sœur. Elle a toujours craint d'avoir pris la place d'Urd en devenant sa femme. Encore après dix ans révolus, elle se refuse à croire à la mort d'Urd. « Que deviendrai-je le jour où Urd sera de retour et verra que j'ai épousé son fiancé ? » dit-elle souvent.

Voilà enfin que l'étrangère se détourne de la pendule et avance au milieu de la pièce. Elle évite soigneusement les gens, on s'en rend compte, et s'approche du lit. Elle passe en tâtonnant la main sur la couverture, et en même temps elle aspire l'air par petits souffles courts comme un chien qui flaire. Quand elle s'est rendu compte que le lit est vide, elle pousse un grognement mécontent.

« Père, c'est elle ! s'écrie Magnhild. Mère était malade au lit, il y a dix ans, quand Urd a disparu. Elle la cherche. »

L'étrangère ne semble plus bien savoir de quel côté diriger ses pas. Elle écarte ses cheveux pour regarder autour d'elle, et cette fois toute l'assistance peut contempler son visage émacié, une vraie tête de mort.

La fille mariée éclate en sanglots. Certes, elle a redouté le retour d'Urd, mais elle ne s'en souvient plus. Son cœur se fend. Elle songe seulement à ce que sa sœur a dû souffrir pour devenir telle qu'elle est à présent. On ne peut savoir si elle a complètement perdu la raison, mais il est évident qu'elle n'est plus un être humain pareil aux autres. Elle a les allures d'une bête.

« Qui a pu l'avilir ainsi ? Chez qui a-t-elle vécu ? »

L'étrangère poursuit son inspection de la pièce. Elle flaire et cherche, mais ne semble guère voir. Elle a laissé ses cheveux retomber devant son visage.

Magnhild s'approche d'elle, pose sa main sur le bras de l'autre et demande : « Est-ce toi, Urd ? je te reconnais. Dis que c'est bien toi. »

Alors la malheureuse sursaute, se réfugie dans un coin comme un rat effrayé et ne bouge plus pendant un grand moment.

Elle revient cependant de nouveau vers l'intérieur de la pièce. On se rend compte qu'elle cherche quelque chose de spécial.

Elle va d'un meuble à l'autre, du banc à la table, du coffre au lit, elle tâtonne, elle flaire, elle paraît mécontente.

Elle finit par s'approcher de la cheminée, et les deux vieilles servantes qui, avec les enfants, étaient assises sur les pierres de l'âtre, s'écartent devant elle. C'est naturel, car elle fait moins l'effet d'un être humain que d'un animal.

Elle tâte les pierres du foyer, touche à deux marmites, fait de nouveau entendre un murmure de mécontentement, mais ne cesse de chercher.

Toujours reniflant et flairant, elle est arrivée devant le four à pain et en ouvre la porte. En la voyant faire, c'est le père cette fois qui pousse une exclamation. La porte du four a un défaut qui la rend difficile à ouvrir, mais l'étrangère y réussit du premier coup, comme si une longue expérience lui avait appris comment s'y prendre.

Mais comment, comment serait-ce possible que cette femme fût Urd ?

Elle fouille dans le four et tout à coup de furieux crachements en sortent. Le vieux chat de la maison apparaît dans l'ouverture, le dos rond sous ses poils hérissés.

L'étrangère l'attrape, le caresse, le berce dans ses bras et enfin s'assied contre la cheminée, le chat sur ses genoux. Le père reste stupéfait, en voyant le chat s'installer sur elle et se mettre à ronronner. Le chat la reconnaîtrait-il ? Serait-ce quand même Urd ?

Tout à coup elle se met à parler au chat.

Tout le monde a eu un mouvement de stupeur. On ne semble pas s'être attendu à ce qu'elle pût parler, du moins dans une langue intelligible.

D'ailleurs il n'est pas facile de la comprendre. Sa voix, rauque et dure, paraît venir d'un gosier rouillé faute d'exercice. On entend que ce sont des paroles, des mots, mais ils sont accompagnés de tant de sifflements, de croassements qu'il est impossible d'en saisir le sens.

Magnhild se glisse tout près de l'étrangère et se met à genoux devant elle.

Elle parle très vite, sa sœur, si toutefois on peut parler de sœur. On dirait un enfant qui rabâche des rimes dénuées de sens, tant son débit est rapide. Magnhild n'arrive pas à attraper les mots au vol. Elle comprend cependant que les mêmes phrases reviennent inlassablement.

Parfois tout ne lui paraît qu'un croassement, aussi impossible à interpréter que celui des corbeaux.

Mais elle tient bon. Il faut qu'elle puisse éclaircir la chose terrible qu'elle soupçonne.

Peut-être est-ce l'unique occasion qui s'offrira.

Enfin vient un mot qu'elle comprend, puis d'autres mots encore. Après un moment, elle peut saisir toute une phrase. Elle est dans une tension d'esprit intense. Il lui semble qu'elle n'écoute pas seulement avec ses oreilles mais avec toute sa volonté, toute son âme.

Les autres s'approchent aussi pour écouter, mais ne comprennent presque rien. Le père demande coup sur coup à Magnhild si elle a saisi quelque chose, mais elle lui fait signe de patienter.

Elle finit par ne plus entendre qu'on lui pose des questions, car elle en est arrivée à pouvoir suivre d'un bout à l'autre tout ce que récite l'étrangère.

« Je raconte tout ceci au chat, rien qu'au chat, ainsi commence la tirade. Je n'ai pas juré de ne pas le raconter au chat.

« Je raconte au chat que huit jours avant mes noces, j'ai été prise par une bande de brigands.

« Je raconte au chat qu'ils m'ont entraînée dans leur caverne, où ils m'ont enfermée. Ils m'ont laissé la vie sauve à condition de jurer de ne trahir à personne l'endroit où ils se cachent.

« Je raconte au chat que j'ai été leur servante, depuis que je suis tombée entre leurs mains. Je raconte au chat que je ne sais pas combien de temps s'est passé depuis, mais j'ai mis au monde sept enfants que le chef des brigands a noyés dans le fleuve.

« Ce sont neuf brigands, neuf malfaiteurs. Ils vivent de vol, ils se plaisent au meurtre. Ils habitent une caverne de la montagne où personne n'a su les chercher.

« Je raconte au chat que j'avais gardé des pois et des grains de blé que j'ai semés par terre depuis la grosse pierre qui ferme l'antre jusqu'ici à la porte de la maison.

« C'est une grande montagne et un large fleuve. Je n'en connais pas le nom, mais j'ai semé des pois et des grains de blé par terre.

« Je raconte tout ceci au chat, non pas parce qu'ils m'ont arrachée à mon père et à ma mère, non pas parce qu'ils m'ont enlevée dans la semaine qui devait précéder mon mariage, non pas parce qu'ils m'ont gardée enfermée dans l'obscurité et le froid, non pas parce que mes cheveux ont blanchi et que ma belle jeunesse est partie, mais parce que le chef des brigands a noyé dans le fleuve mes sept enfants. »

Magnhild se lève quand elle a écouté les confidences jusqu'au bout. Elle va vers son père, se plante devant lui et répète mot pour mot ce qu'elle vient d'entendre. Son visage s'est fait dur et sévère, et elle récite le tout avec une grande netteté, mais il y a dans son accent une telle douleur et une telle colère que ceux qui l'écoutent comprennent et ressentent tout ce que sa sœur a souffert, et en souffrent à leur tour comme d'une douleur physique.

Pendant que Magnhild parle, son regard tombe sur l'Évangile, resté ouvert sur la table en face du père, et dès qu'elle a transmis le message d'Urd, elle tire à elle le livre et le ferme bruyamment.

« Tu prêches la paix, dit-elle au livre, mais c'est que tu n'as sans doute jamais cru que pareille chose pût arriver à personne. Tu ne voudrais pourtant pas qu'on laissât impuni ce crime que les brigands ont commis envers ma sœur ? Je donnerais ma vie, tout ce qui m'est plus cher au monde, tout ce que j'appelle le bonheur pour que ma sœur soit vengée. Mais en ce moment je te remets sur l'armoire, car ce sont d'autres paroles que les tiennes que je désire entendre ici ce soir. »

Elle repose le livre à sa place accoutumée et se tourne vers les hommes. Ils sont excités au point de vouloir se lancer dans les entreprises les plus hardies.

Le père se lève et s'approche d'Urd, qui continue à caresser le chat sur ses genoux et qui ressasse inlassablement sa même litanie.

Il est impossible de savoir si elle sait ce qu'elle fait. Elle n'a pas l'air d'avoir sa pleine connaissance. Elle semble avoir imaginé, avant d'être tombée dans sa déchéance, ce qu'elle ferait et dirait si elle parvenait à échapper aux brigands, et elle agit et parle à présent selon ce plan échafaudé jadis, sans plus savoir ce qu'elle fait.

Le père reste devant elle et la contemple. Les veines de son front se gonflent et sa voix est épaisse et étrange quand il prend la parole :

« Jusqu'à ce jour, dit-il, j'ai été un homme pacifique, qui n'a molesté personne. Mais pour ce crime contre Urd, je veux tirer vengance à la manière de mes pères, sans demander le secours ni du bailli ni du commissaire. Si quelqu'un veut me suivre, c'est bon, sinon moi et mon fusil nous réglerons cette affaire. »

Le frère d'Urd, qui n'avait que cinq ans à l'époque du rapt et qui se souvient à peine d'elle, a depuis un long moment grincé des dents sans le savoir, et l'homme qui devait épouser Urd, si elle n'avait pas été enlevée, est pâle comme un mort et sa respiration est si pénible qu'on dirait un râle.

Tous deux ressentent un grand soulagement aux paroles du père. Partir à la recherche des brigands et les tuer comme des chiens, c'est la seule chose qui puisse apaiser leur soif de vengeance.

Quand Magnhild entend son mari annoncer qu'il suivra son beau-père, elle cesse de pleurer et lève avec fierté la tête. « Maintenant je suis heureuse à cause d'Urd de t'avoir épousé, dit-elle. Car si tu n'avais pas été mon mari, tu n'aurais pas été présent ici ce soir, et père n'aurait pas eu un bon combattant comme toi à ses côtés. »

Là-dessus, elle cesse ses plaintes et s'apprête à équiper les hommes. Elle tire de l'armoire leurs vêtements, examine soigneusement chaussettes et souliers, ceintures, boutons et courroies, pour être sûre que tout est solide et en bon état.

Le père va chez quelques voisins pour demander s'ils veulent lui prêter assistance. Le gendre et le fils restent à la maison pour apprêter les fusils et les poires à poudre et bien aiguiser les couteaux.

Quand tous les préparatifs sont terminés, Magnhild persuade les hommes de se coucher. Elle restera debout encore un moment pour s'occuper des provisions de bouche qu'ils devront emporter.

La malheureuse Urd a ramassé un peu de la paille de Noël qui couvrait le sol et s'en est fait une couche où elle s'est endormie. Tous les efforts pour la persuader de se coucher dans un lit ont été vains.

Le calme s'est établi autour de Magnhild et dans ce calme, ses pensées se reportent au moment où, quelques heures plus tôt, toute la maisonnée, paisiblement réunie, écoutait le message des anges pour la venue au monde du grand prince de la paix.

Puis elle songe qu'elle a elle-même enlevé la bible : estimait-elle donc l'œuvre qu'on préparait contraire aux enseignements de l'Évangile ?

Non, elle ne veut pas croire qu'il en est ainsi. Il ne peut être dit qu'on doive pardonner à ceux qui assassinent et volent. Elle n'ignore pas que Jésus pardonnait à ses bourreaux, mais c'était autre chose. Il disait lui-même qu'ils ne savaient pas ce qu'ils faisaient.

Mais ceux qui maltraitent une jeune fille innocente et pure au point de la transformer en une bête de la forêt, ne doivent-ils pas être punis ? Dieu n'a pas pu vouloir qu'on laisse en liberté des êtres pareils.

Pendant qu'elle vaque à sa besogne, elle croit tout à coup entendre un léger bruit, comme un froissement. Le bruit est extrêmement faible. On dirait le frémissement de petites, petites ailes de papillons.

Elle court à la porte et l'ouvre. Alors elle entend mieux un faible froufrou et, sur sa main, tombe un flocon froid et mouillé.

C'est la neige, la première neige de l'année. Et elle tombe juste ce soir !

Maintenant on peut s'attendre à ce que la chute de neige continue, jusqu'à monter très haut contre le mur de la maison.

Magnhild en demeure interdite. « Est-ce là la réponse à ma question ? » demande-t-elle.

Il tombe déjà assez de neige pour que les menues traces laissées par Urd en soient couvertes ; Urd elle-même est incapable de fournir le moindre renseignement. Et si même, un jour, elle retrouvait la raison et la santé, son serment l'empêcherait de parler. Elle ne dirait jamais plus que ce qu'elle a dit ce soir.

Il semblait donc que les brigands dussent rester libres. Aucune expédition contre eux ne pourrait être tentée le lendemain matin.

Magnhild demeura un moment les dents serrées, écoutant la chute des petits flocons. Rien n'est plus endormant, rien n'est plus apte à bercer les esprits inquiets. C'est un battement d'ailes délicates, un souhait de paix envoyé du ciel de Noël.

Elle rentre et referme la porte. Puis elle redescend le livre et se met à le feuilleter.

« Oh, dit-elle, tu n'as même pas voulu permettre cela. Pas même cela. »

# La cravache

Histoire de famille : chez les Geijer.

Au temps où ma tante Nana Lagerlöf – qui fut plus tard la femme du pasteur doyen de Karlskoga – n'avait que seize ans, la désolation régnait à Mårbacka, car les plus proches et les plus chers voisins des Lagerlöf, le capitaine Westfelt et sa famille de Angersby allaient quitter le pays et s'installer à Karlstad.

Certes, il fallait bien en convenir, on avait plus d'une fois ri à Mårbacka de ces Westfelt, de la façon singulière dont ils concevaient la conduite d'une maison, de la capitaine toujours plongée dans la lecture de quelque roman, des jeunes filles si avides de plaisirs. Parfois les Lagerlöf s'étaient impatientés de l'imprévoyance de leurs voisins, qui, à tout bout de champ, venaient se faire prêter de menus objets de première nécessité, et tels qu'ils devaient se trouver dans la plus pauvre maisonnette.

Mais à présent que les Westfelt allaient partir, tout était oublié. On ne se souvenait plus que du sentiment de bien-être et de douce quiétude qu'on avait toujours éprouvé chez eux, ainsi que du courage dont ils faisaient preuve dans leur pauvreté. On se rappelait les charmants petits poèmes par lesquels la capitaine s'excusait d'envoyer son cocher emprunter une casserole ou une botte d'oignons. Hélas personne ne viendrait plus demander ce genre de service !

À Mårbacka on regrettait même de ne plus revoir la vieille jument Disa, si facilement reconnaissable à son habitude de tirer la langue en trottant. Disa n'avait jamais été une beauté, et ce tic de la langue était parfaitement détestable, mais quelle joie pour celle d'entre les femmes de la maison, qui, occupée à la sempiternelle couture, restait assise à la fenêtre de la petite pièce derrière la cuisine, de voir Disa monter l'allée, tirant derrière elle un traîneau bien rempli. L'active ouvrière rejetait à la hâte son ouvrage et courait recevoir les hôtes sur le perron, tout épanouie dans l'attente des heures joyeuses qui allaient suivre.

Le jour du déménagement on avait permis à Nana Lagerlöf d'accompagner ses parents à Angersby. Comme il ne s'agissait pas seulement de faire ses adieux mais d'aider aux emballages, les Lagerlöf s'étaient mis en route de bonne heure, dans la matinée. Et ils firent bien, car à leur arrivée ils se trouvèrent devant un chaos épouvantable. Le terre-plein, devant la maison, était encombré de chariots dangereusement chargés et de caisses à moitié remplies. La capitaine, encore en négligé, contemplait, les larmes aux yeux, les débris d'un précieux vase de Chine ; sa mère, presque octogénaire, madame Lotta Uggla, née Geijer, était assise, tremblante, sur une chaise de cuisine qu'on avait apportée, tandis que ces demoiselles riaient aux éclats de leurs vains efforts pour enrouler autour de la table du salon quelques tresses de paille raide.

Une fois sur les lieux, les habitants de Mårbacka se mirent incontinent à la besogne, afin d'introduire un peu d'ordre dans ce tohu-bohu. Le trésorier-payeur Lagerlöf se chargea des voitures de déménagement, madame Lagerlöf emballa la porcelaine et cloua les caisses. Même la petite Nana eut une tâche à remplir. On lui confia la vieille grand-mère, madame Uggla, pour que les autres pussent se consacrer tout entiers au travail pressant.

Madame Lotta Uggla était une vieille dame grande et pâle, à l'air délicat. Sa tête et ses mains tremblaient toujours, mais jamais autant que ce jour-là, où on lui avait fait quitter sa chambre dont elle ne sortait jamais d'ordinaire. La jeune fille l'avait en réalité fort peu vue auparavant. Quand elle et ses sœurs venaient à Angersby, on les avait certes menées dire bonjour à la douairière, qui tricotait, assise sur une chaise. Elles lui avaient fait la révérence, transmis les bons souhaits de père et mère, mais ensuite elles s'étaient retirées.

Cete fois, la vieille dame n'avait pas de tricot en main. Au lieu d'aiguilles, elle serrait de toutes ses forces une mince cravache, terminée par un bouton d'argent. Mais comme il lui était presque impossible de tenir ses mains immobiles, la cravache glissait sans cesse à terre entre ses doigts impuissants.

La jeune fille devait ramasser la cravache et la rendre aussitôt à la vieille dame, afin qu'elle n'en fût pas privée un seul instant.

Ce fut la seule occupation de Nana pendant toute une longue journée. Elle essaya bien d'engager une conversation avec madame Uggla, mais celle-ci, uniquement préoccupée du sort de la cravache, ne s'y prêta pas. Le fait est qu'elle parlait rarement à qui que ce fût. Sa fille et ses petites-filles venaient de temps à autre lui demander si elle désirait qu'on emmenât tel ou tel meuble, si elle voulait que tel ou tel coffre fût chargé de vêtements ou de porcelaine, mais ne recevaient aucune réponse. Elle ne s'intéressait pas du tout à ce qu'on faisait de ses autres objets personnels, pourvu qu'elle eût sa cravache près d'elle.

Quand les ouvriers passaient, portant un meuble lourd, il arrivait qu'elle se mît à trembler et à claquer des dents de peur. Elle serrait alors la cravache contre elle, craignant manifestement que ces hommes robustes ne fussent chargés de la lui arracher.

La petite Nana Lagerlöf resta toute la journée calme et patiente, assise sur la pelouse aux pieds de madame Uggla. Elle ne s'ennuyait pas, elle se sentait seulement un peu confuse, comme une personne qui, pour la première fois, se trouve dans un pays étranger. Il lui semblait qu'elle tâtonnait comme en rêve à la recherche de choses inconnues mais qui devaient exister au tréfonds d'elle-même.

Les demoiselles Westfelt en avaient dit assez pour qu'elle sût que la vieille douairière avait reçu cette cravache du bien-aimé de sa jeunesse, lequel n'était pas celui qui était devenu son époux, et que, pour cette raison, la cravache lui était plus précieuse que tout au monde. Et sachant cela, la jeune Nana sentit pénétrer dans son cœur le pressentiment de la puissance et de la douceur de l'amour.

Dans la vieille femme à côté d'elle, rien ne subsistait plus, c'était le vide. Son cœur ne battait plus pour ses enfants et petits-enfants, elle ne s'intéressait plus à ses biens et à son foyer, ni au pouvoir, ni au rang, à peine à sa propre vie et pourtant, au milieu des ruines, au milieu du vide, quelque chose survivait : l'amour.

Et Nana, qui n'avait jamais aimé, dont les lèvres n'avaient jamais reçu un baiser d'amour, resta aux pieds de la vieille femme, rêveuse et pleine de questions non formulées, appelant de ses vœux ce sentiment étrange qu'on appelle l'amour, sentiment qui peut persister pendant toute une longue vie, qui peut survivre quand tout le reste est mort.

Personne ne s'étonnera que, pendant le trajet de retour, la jeune Nana Lagerlöf posât à sa mère quelques questions au sujet de la vieille madame Uggla et de sa cravache. Et on lui donna les renseignements demandés. Personne à cette époque n'était mieux à même d'expliquer tout qui s'était passé jadis que madame Lagerlöf de Mårbacka.

« Lotta Uggla n'aurait pas eu le sort malheureux qu'elle a eu, si elle n'était pas née Geijer. Au temps de sa jeunesse, tous les Geijer devenaient maîtres de forges, et la plupart d'entre eux étaient riches. Les gens s'étonnaient que tout leur réussît, et le bruit courait que les Geijer avaient conclu une entente pour qu'aucun d'eux ne pût connaître la pauvreté. Le premier article du statut stipulait que quiconque portait le nom de Geijer agirait toujours honnêtement et ferait son travail du mieux qu'il pourrait, le deuxième décrétait que tous les Geijer devraient mener une vie simple et économe, le troisième, qu'aucune jeune fille de la famille n'aurait le droit d'épouser un homme pauvre, le quatrième, enfin, prescrivait que si par malheur un Geijer avait perdu sa fortune par gaspillage, incapacité ou paresse, les autres l'aideraient à se remettre sur pied, mais, en ce cas, il resterait pendant toute sa vie sous une espèce de tutelle, afin de ne pouvoir s'attirer de nouveaux malheurs.

« Pour ce qui est de Lotta Uggla, poursuivit madame Lagerlöf, son père, le maître de forges Jan Gustav Geijer, avait été une de ces brebis galeuses, incapable de se tirer d'affaire tout seul. Sa plus grosse bêtise doit être d'avoir aliéné sa part dans la Société d'Uddeholm. S'il ne l'avait fait, la vieille madame Uggla et les Westfelt d'Angersby seraient riches aujourd'hui encore. Jan Gustav Geijer a, dit-on, déménagé de forge en forge jusqu'au moment où il a acheté l'usine de Ransoeter dans la commune de ce nom. Ce n'était pas une entreprise importante, mais il a réussi à s'y maintenir. Je ne sais pas au juste comment les choses se sont passées, mais il est probable que la famille a dû lui venir en aide plus d'une fois, et que, pour cette raison, il ne s'est jamais senti libre d'agir à son gré.

« Sans doute aussi était-il assez indolent pour se plier sans faire de difficultés aux règles sévères de la famille Geijer. Sa femme et ses enfants, pas plus que lui, n'étaient enclins à la rébellion, et tout s'est bien passé jusqu'au moment où les Geijer ont proposé à Jan Gustav de marier sa fille Lotta Geijer – celle que tu as vue aujourd'hui – au maître de forges Uggla de Jossefors, qu'elle n'avait jamais rencontré encore.

« La chose n'aurait pas été aussi terrible si Lotta Geijer ne s'était éprise, à dix-sept ans, d'un des employés de l'usine de son père, jeune homme très convenable, paraît-il, et qui aurait pu certainement donner à Lotta un bon foyer et une honnête aisance.

« Mais les parents de Lotta Geijer avaient eu vent de l'inclination de leur fille, et, songeant aux dures lois qui pesaient sur la famille, ils avaient incontinent congédié le prétendant pauvre. Lotta Geijer n'avait même pas été autorisée à le voir avant son départ ; mais lui, au moment de s'en aller, le soir, avait réussi à lancer par la fenêtre de la jeune fille sa cravache entourée d'une bande de papier. Il écrivait qu'il reviendrait dès qu'il aurait une situation l'autorisant à demander la main de Lotta, et il la suppliait d'attendre.

« Lotta n'osa pas garder la bande de papier, mais la brûla après en avoir appris par cœur le contenu. Quant à la cravache, elle la conserva.

« Là-dessus deux ans s'écoulèrent dans le calme sans que rien ni personne ne vînt inciter Lotta Geijer à trahir celui qu'elle aimait, mais lorsqu'elle eut atteint sa vingtième année, ses parents l'appelèrent un jour pour lui annoncer que le maître de forges Uggla de Jossefors la demandait en mariage et qu'on attendait d'elle qu'elle l'acceptât pour mari. Elle fondit en larmes et supplia ses parents d'avoir pitié d'elle et de la dispenser de se soumettre à leur désir. Elle avoua même qu'elle était déjà fiancée. Le fiancé n'avait pas donné signe de vie depuis deux ans et demi, mais elle se disait sûre de lui. Et puisque ses parents le connaissaient, ils devaient savoir que quand elle deviendrait sa femme, elle aurait fait un très bon mariage. Quelle urgence y avait-il d'accepter ce nouveau prétendant ?

« Lorsque Lotta Geijer eut terminé ce discours, on lui donna l'ordre de quitter la pièce pour que ses parents pussent délibérer sur ce qu'il convenait de faire. Ils se trouvaient dans une situation bien embarrassante.

« D'un côté il leur fallait avoir égard aux désirs exprimés par la famille, lesquels en somme s'accordaient avec les leurs, car on ne pouvait rien rêver de meilleur que ce mariage avec le maître de forges Uggla de Jossefors. D'un autre côté, il y avait leur amour pour leur fille, car Lotta Geijer était, paraît-il, l'enfant qu'ils chérissaient le plus. Jolie et gaie à cette époque, elle se montrait incroyablement bonne et obligeante. Ils ne voulaient certainement pas la rendre malheureuse.

« Ils discutèrent le pour et le contre pendant plusieurs jours, admettant même à leur conciliabule les frères et sœurs de Lotta ainsi que les vieux serviteurs. Mais personne ne voulut admettre que ce mariage avec Uggla ne ferait pas le bonheur de Lotta. Ils étaient tous d'avis qu'une fois unie à lui, elle accepterait son sort et ne souhaiterait rien de mieux. D'autre part, il leur répugnait d'user vis-à-vis de Lotta de persuasion et de menaces pour la pousser dans les bras du maître de forges. Et, en fin de compte, ils formèrent un complot contre elle, avec la meilleure intention, bien entendu.

« On mit immédiatement le plan à exécution. Le père de Lotta, le maître de forges Jan Gustav, possédait une propriété ici, à Œstra Emtervik, et il fit inscrire sur les registres paroissiaux cette propriété comme le domicile légal de lui-même et de sa famille afin de faire publier ici, dans notre commune, les bans de mariage de sa fille. Et à l'église d'Œstra Emtervik, les bans unissant Kristina Charlotta Geijer et Jan Fredrik Uggla furent en effet publiés du haut de la chaire trois dimanches de suite, sans que la jeune fille s'en doutât le moins du monde. L'usine de Ransœter se trouvait dans l'Eydal et à cette époque personne là-bas ne savait rien de ce qui se passait de l'autre côté des montagnes, ici dans le Frykdal.

« Pendant plusieurs mois personne ne parla plus du mariage avec Uggla, et Lotta Geijer fut heureuse et crut tout danger écarté.

« Mais un jour, elle ne trouva pas son briquet. Elle le chercha partout à tous les endroits possibles et impossibles, et, ouvrant la niche du grand poêle de la salle à manger, elle aperçut un baluchon noir, qui ne devait pas y être à sa place. En le déroulant, elle vit que c'était une vieille robe de pasteur usée et pleine de taches. Comment une robe de pasteur s'était-elle égarée dans la niche du poêle ? Elle alla en demander l'explication à sa mère.

« "Ma petite, fit la mère sans une seconde d'hésitation, le pasteur a une si vilaine vieille robe. Ton père et moi avons décidé de lui faire cadeau d'une robe neuve. J'ai demandé à sa femme de m'envoyer l'ancienne pour prendre les mesures."

« Deux ou trois jours après, comme on allait envoyer un messager à Karlstad, madame Geijer fit une liste des emplettes à faire. Lotta Geijer eut l'occasion d'y jeter un coup d'œil et vit que deux livres de bonbons de noces y figuraient.

« "Mon Dieu, mère, qui comptez-vous donc marier ?

– Ah ! s'écria madame Maya Geijer qui ne se laissait pas facilement décontenancer. J'ai écrit : 'bonbons de noces' ? C'est pour indiquer que je veux des bonbons fins comme on en sert aux noces."

« Sa fille se contenta de cette explication. Elle resta étincelante de gaieté comme toujours, sans rien soupçonner.

« Sa joie s'accrut encore quand sa mère lui annonça qu'on aurait des invités de marque en septembre. Les oncles d'Uddeholm, de Lindfors, de Bosjö et de Bofors allaient venir avec femmes et enfants.

« "Il s'agit, ma petite Lotta, de besogner dur pour être en mesure de les bien recevoir. Et dire qu'ils s'annoncent avec à peine dix jours d'avance !"

« Madame Maya Geijer avait l'air presque soucieuse, mais Lotta ne fit qu'en rire et déclarer que tout s'arrangerait bien. On avait un veau engraissé à l'étable et des cochons prêts à être saignés à la porcherie. "Ne dirait-on pas que vous avez eu le pressentiment de ces visites, ma mère !"

« Là-dessus, on se mit à faire du pain et de la pâtisserie, à abattre des bêtes, à nettoyer et récurer au domaine de Ransœter. On fit plus de préparatifs encore que pour Noël. Et il fallut même travailler de nuit.

« Lotta Geijer était l'âme des préparatifs. Madame Maya ne pouvait l'épargner, car sa fille était sa meilleure aide et on la réclamait de tous les côtés à la fois. Elle n'eut le temps ni de s'asseoir ni de se coucher. Pendant huit jours, elle ferma à peine les yeux.

« Tout le monde était excessivement gentil pour elle. On lui prodiguait des éloges : nulle n'était aussi adroite, aussi vive au travail qu'elle. Et tous l'appelaient au secours. Les derniers jours, elle allait et venait dans une espèce de somnolence, sachant à peine ce qu'elle faisait, mais avec la ferme résolution de tenir jusqu'au bout. Elle se rendait bien compte que les préparatifs étaient loin d'être terminés.

« Comme tout le monde se montrait aimable envers elle ! Personne ne semblait s'apercevoir que, dans sa fatigue, elle faisait tout de travers. Une fois elle s'endormit, penchée sur une marmite de bouillie : elle dormait, la cuiller en main. Sa mère la surprit ainsi, mais singulièrement gentille, elle ne lui en fit aucun reproche.

« Vint enfin le jour où les riches oncles allaient venir. Lotta Geijer était occupée dans la boulangerie à faire des biscottes. Elle avait veillé toute la nuit à la cuisson de ces biscottes, elles allaient bientôt être prêtes, et elle se dit en elle-même que si les hôtes avaient la bonne idée de ne venir que dans l'après-midi, elle pourrait peut-être attraper une ou deux heures de sommeil. Elle avait aussi bien besoin d'un bain et de se changer. Cependant, dormir importait plus que tout le reste.

« Comme elle agitait ces pensées dans sa tête, elle entendit le roulement d'une voiture. Elle ne voulut pas en croire ses oreilles, car on était au début de la matinée, et elle espéra que la voiture passerait sans s'arrêter. Mais à ce moment elle vit le valet d'écurie monter en courant l'allée d'entrée pour ouvrir les grilles et peu après la grande berline d'Uddeholm vint s'arrêter devant le perron.

« Postée devant la fenêtre de la boulangerie, Lotta vit se succéder voitures et charrettes. Elles venaient en une file si longue qu'elle semblait ne jamais vouloir prendre fin. Et tout le temps, elle s'inquiéta à l'idée de ne pouvoir quitter l'aile où elle se trouvait et rentrer dans la maison d'habitation pour s'habiller sans être vue par les hôtes. "Il vaut mieux rester ici jusqu'à ce que tout le monde ait mis pied à terre et soit entré, se dit-elle. Peut-être pourrai-je même faire un petit somme en attendant."

« Elle s'assit sur une chaise et ne tarda pas à s'endormir, mais on ne la laissa pas longtemps tranquille. Son frère Bengt Gustav vint la réveiller. “Mais, ma chère Lotta, tu ne vas pas rester ici à dormir, alors que tous nos oncles sont arrivés ? Viens leur dire bonjour !”

« Lotta Geijer posa sa main sur celle de son frère et commença à lui expliquer qu’elle ne pouvait pas entrer habillée comme elle l’était, mais il ne fit que rire : “Viens, ma sœur ! dit-il. Ce n’est que la famille. Tout le monde comprendra que tu as eu beaucoup à faire pour les recevoir tous.”

« Passant son bras sous celui de sa sœur, il l’entraîna. Et après huit nuits de veille, Lotta se sentait si engourdie par le manque de sommeil qu’elle se laissa faire. Mais entrés dans la maison, quand son frère voulut ouvrir la porte de la salle à manger, elle eut encore assez de bon sens pour essayer de se dégager et passer par la cuisine. Son frère la retint.

« “Bah ! ne sois donc pas si timide ! dit-il. Tu es très bien comme tu es.”

« Lotta eut comme un éblouissement quand il la poussa devant lui, car la salle à manger était pleine de monde. Les invités s’y tenaient rangés des deux côtés, les messieurs à droite, les dames à gauche. Tous, en habits de fête, formaient une espèce de haie d'honneur à la pauvrette, qui venait dans sa robe de ménage salie et usée. Préoccupée par sa robe et toute honteuse, elle chercha à se dégager, mais à ce moment tout le monde s'écarta et elle se trouva devant un tapis où étaient posés deux coussins comme il est d'usage aux cérémonies de mariage. Et derrière les coussins, elle vit un pasteur en robe et rabat, un livre à la main.

« Tout à coup, elle entendit la voix de son frère, qui lui chuchotait à l'oreille : "Ne fais pas d'histoire, Lotta ! Tu vois bien que tous les oncles sont là. Tu ne vas pas nous faire honte en leur présence."

« Ce disant, il lâcha le bras de sa sœur et fit un pas de côté et alors un monsieur, qu'elle n'avait jamais vu, s'approcha et vint se placer à côté d'elle.

« Elle entendit ensuite le pasteur lire l'acte de mariage et lui demander si elle voulait prendre ce Johan Fredrik Uggla pour époux et l'aimer dans la bonne comme dans la mauvaise fortune. Et à cette question elle s'entendit elle-même répondre "oui".

« Plus tard bien des personnes ont demandé à la vieille madame Uggla comment elle avait pu permettre qu'on disposât d'elle et pourquoi elle n'avait pas répondu “non” devant le pasteur. Elle a toujours expliqué qu’elle avait été si engourdie par le sommeil et si hébétée qu’elle avait cru rêver. Car rêver qu’elle se trouvait dans une pièce pleine de gens en costume de fête, alors qu’elle-même n’était pas habillée, lui était arrivé plusieurs fois. Elle avait même rêvé d’être mariée ainsi tout de go sans savoir quel était le conjoint. Aussi avait-elle pensé : “Il n’y a pas de mal. Ce n’est qu’un rêve, qui s’évanouira dès que je me réveillerai.”

« Mais quand, la cérémonie terminée, les portes s’ouvrirent et que deux servantes entrèrent portant de grands plateaux avec des verres de vin et des coupes de bonbons, Lotta Geijer prit un verre et le porta immédiatement à ses lèvres, car elle savait qu’en buvant quelque chose en rêve, on se réveille. Mais dès qu’elle sentit le vin sur sa langue, elle se rendit compte qu’elle ne dormait pas et que tout, autour d’elle, était réel.

« Au même moment le verre lui échappa des mains et elle s’affaissa sans connaissance. »

Quand madame Lagerlöf fut arrivée à ce point de son histoire, sa fille eut un haut-le-corps de dégoût et d’horreur. La mère se rendit compte que dans l’ardeur de son récit, elle n'avait pas songé à l'extrême jeunesse de sa fille.

« Tu comprends bien, Nana, se hâta-t-elle d'ajouter, que les us et coutumes de ce temps-là n'étaient pas pareils aux nôtres. Les gens de cette époque nous valaient bien mais ils avaient subi une si grande misère qu'ils ne craignaient rien tant que la pauvreté. Personne n'aurait osé soutenir que les parents de Lotta n'avaient pas eu raison en cherchant par tous les moyens à bien établir leur fille. S'il y en avait quelques-uns pour estimer qu'il aurait mieux valu ne pas tromper Lotta par crainte de lui faire de la peine d'avance, mais agir ouvertement et franchement, tous cependant étaient d'accord pour dire que toute la famille avait eu les meilleures intentions.

« Je ne crois pas d'ailleurs que Lotta Geijer ait jamais éprouvé de rancune à l'égard de ses parents et de ses frères et sœurs. Elle a volontiers fréquenté toute la famille, faisant de longs trajets pour assister aux mariages, baptêmes et enterrements. Quand ses enfants, devenus grands, apprirent la façon dont on l'avait attirée dans le mariage comme dans un guet-apens, ils en eurent du dépit à son sujet, mais jamais on ne l'entendit dire que ses parents eussent songé à autre chose qu'à son bien et n'eussent pas agi en vue de ce qu'ils croyaient être son bien. »

Madame Lagerlöf avait sans doute remarqué l'air un peu sceptique de sa fille à cette explication, et son amour de la vérité la contraignit à ajouter : « Les parents de Lotta Geijer ne tirèrent pas une grande satisfaction du tour joué à leur fille. Le maître des usines de Jossefors était loin d'être aussi riche qu'ils l'avaient imaginé. Tant qu'il vécut, les affaires marchèrent à peu près, mais à sa mort, sa veuve resta sans ressources. Elle fut forcée d'aller vivre chez sa fille et son gendre qui, eux non plus, n'étaient guère fortunés. »

Madame Lagerlöf se tut. Alors la jeune fille risqua une question qui depuis un long moment lui brûlait les lèvres.

« Et heureuse ? dit-elle. Pensez-vous, ma mère, que madame Uggla ait eu un seul jour de bonheur dans sa vie ?

– Ah, dit sa mère, je ne sais que te répondre. Heureuse dans son mariage, non. L'amour, Nana, l'amour cause infiniment de peine et d'inquiétude. N'empêche qu'il se fait un grand vide sombre dans l'âme quand il meurt. Et il meurt chez la plupart des gens. Mais Lotta Uggla l'a gardé, son jeune amour, une longue vie durant. »

# La souricière

## I

Il y avait une fois un homme qui parcourait le pays en vendant de petites souricières en fil de fer, qu'il fabriquait lui-même avec des matériaux mendiés chez les épiciers et dans les grandes fermes. Son commerce n'était cependant pas très productif et souvent il avait recours à la mendicité et à de menus larcins pour ne pas mourir d'inanition. Ses vêtements pendaient en lambeaux autour de son maigre corps, ses joues étaient hâves et ses yeux luisaient de faim.

Qu'on se figure la morne tristesse de cette existence de vagabond, courant toujours les routes et réduit à ses propres réflexions ! Mais notre homme avait eu un jour une idée dont le développement le distrayait. Il avait naturellement songé à ses souricières, et tout à coup il s'était dit que le monde environnant, le monde entier, avec ses pays et ses mers, ses villes et ses villages, n'était qu'une immense souricière. Le monde n'avait d'autre but que de faire luire des appâts aux yeux des hommes : il offrait la richesse et les plaisirs, la maison et la nourriture, la chaleur, les vêtements, exactement comme la souricière offrait du fromage ou du lard, et dès que quelqu'un, alléché, touchait l'appât, une trappe se refermait sur lui, et tout était fini.

Le monde n'avait pas été tendre pour le marchand de souricières. Aussi éprouvait-il une vive satisfaction à en dire du mal. Il prenait un plaisir particulier pendant ses longues courses solitaires à songer à celles de ses connaissances qui étaient tombées dans le piège et à d'autres qui tournaient encore autour de tentation.

Un soir très sombre qu'il cheminait ainsi, il aperçut une cabane grise au bord de la route, et frappa à la porte afin de demander un logis pour la nuit. Il n'essuya pas de refus : au lieu des mines maussades qui l'accueillaient souvent, il trouva une aimable réception chez le maître de maison, un vieillard, sans femme ni enfants, tout content de trouver quelqu'un à qui causer.

L'hôte suspendit tout de suite la marmite de soupe au-dessus du feu et offrit à manger au visiteur. Après le repas, il coupa un bon bout de sa carotte pour la pipe de l'étranger et pour la sienne. Il finit par chercher un vieux jeu de cartes, et les deux hommes firent une partie jusqu'à l'heure de se coucher.

Le vieux prodigua les confidences avec la même générosité que la soupe et le tabac. Il raconta que jadis, à l'époque de sa prospérité, il avait été journalier chez le maître de forges de Ramsjö et avait travaillé au domaine. À présent qu'il n'avait plus la force de faire des corvées, c'était sa vache qui le nourrissait. Ah, cette vache, quelle bête magnifique ! Elle donnait assez de lait pour qu'il pût en porter tous les jours à la laiterie du pays et le mois dernier il avait touché trente couronnes.

Peut-être l'étranger avait-il paru sceptique, car le bonhomme se leva, alla à la fenêtre et saisit une bourse en cuir, suspendue à un clou sur le montant même, et en retira trois billets chiffonnés de dix couronnes. Il les exhiba triomphalement aux yeux du marchand de souricières, hocha la tête d'un air entendu, puis les refourra dans la bourse.

Le lendemain matin, les deux hommes se levèrent de bonne heure, l'ancien journalier pour traire sa vache, l'autre pour ne pas rester couché quand le propriétaire de la maison était levé, ce qui lui semblait malséant. Ils quittèrent la maison en même temps. Le journalier ferma la porte et mit la clef dans sa poche. L'homme aux souricières dit au revoir et merci, puis chacun alla de son côté.

Mais une demi-heure après, le vagabond se retrouva devant la porte. Il n'essaya point de l'ouvrir, mais se dirigea vers la fenêtre, en cassa un carreau, tendit le bras et s'empara de la bourse avec les trente couronnes. Il en retira les billets, qu'il fourra dans sa poche, suspendit de nouveau la bourse au clou et s'en alla.

En poursuivant son chemin, il se félicita d'abord de sa chance. Il comprenait bien qu'il ne fallait pas continuer à suivre la route, aussi s'engagea-t-il dans la forêt. Il y avança avec insouciance pendant les premières heures, mais plus avant dans la journée, il commença à s'inquiéter, car il se trouvait dans une grande forêt où les sentiers couraient en tous sens. Il essaya bien de suivre une direction déterminée pour atteindre la lisière opposée du bois, mais il finit par s'apercevoir qu'il avait tourné en rond dans une même partie de la forêt.

Alors il se rappela tout à coup ses idées sur le monde et la souricière. Voilà son tour venu à présent : il s'était laissé attirer par un appât et se trouvait pris. La forêt entière avec les troncs, les rameaux, les broussailles, les arbres abattus par le vent formaient autour de lui une prison impénétrable, d'où il ne pourrait s'évader.

On était à la mi-décembre et la nuit tombait sur la forêt. Le danger s'en trouvait accru, l'humeur sombre du marchand de souricières se changea en désespoir. De guerre lasse il se laissa tomber sur le sol, fatigué à en mourir, croyant sa dernière heure venue.

Au moment de poser la tête sur le sol, il entendit un bruit, des coups durs et frappés régulièrement. Il n'y avait pas à s'y tromper. Il se releva : « Ce sont les marteaux d'une forge, se dit-il. Je ne dois donc pas me trouver loin de la présence d'autres hommes. » Il réunit ses dernières forces, se leva et se dirigea d'un pas vacillant vers le bruit.

## II

Les fonderies de Ramsjö, maintenant fermées, étaient il n'y a pas longtemps une grande usine avec hauts-fourneaux, laminoirs et forges de fer en barres. Pendant l'été, de longues files de péniches et de voiliers, lourdement chargés, descendaient le canal conduisant à un grand lac, et, pendant l'hiver, tous les chemins aux environs de l'usine étaient noirs du poussier qui tombait des tombereaux de charbon.

Pendant une des longues nuits noires, peu avant Noël, le maître forgeron et ses ouvriers attendaient, assis dans la forge sombre, que la fonte mise au four fût prête à être posée sur l'enclume. De temps en temps, quelqu'un d'entre eux se levait pour fourgonner au moyen d'une longue barre de fer dans la masse ardente, puis revenait, trempé de sueur, bien que selon l'usage, il n'eût sur le corps qu'une longue chemise et des sabots.

Des bruits divers ne cessaient de remplir la forge : craquements du grand soufflet et crépitements du charbon brûlant, fracas des pelles quand l'apprenti chargé de cette besogne alimentait de charbon la gueule ouverte du four. Au-dehors, le torrent grondait et la pluie, chassée par un violent vent du nord, fouettait le toit de tuile.

Tout ce vacarme fut cause sans doute que les forgerons ne s'aperçurent pas de l'entrée d'un homme, avant que celui-ci ne fût tout près du feu.

Il n'était pas rare que de pauvres vagabonds sans gîte pour la nuit vinssent se chauffer au foyer, attirés à la forge par la lumière qui réussissait à filtrer par les carreaux pleins de suie des fenêtres. Les forgerons ne jetèrent sur l'intrus qu'un regard rapide et indifférent. Il avait l'aspect ordinaire de cette sorte de gens : sale et loqueteux, avec une longue barbe broussailleuse, il portait sur la poitrine un tas de petites souricières attachées ensemble.

Il demanda la permission de rester à la forge, et le maître forgeron fit avec condescendance un signe de tête sans daigner répondre autrement.

Le vagabond, de son côté, ne dit plus rien : il n'était pas venu pour bavarder, mais pour se chauffer et dormir.

À cette époque, les fonderies de Ramsjö appartenaient à un maître de forges remarquable, dont le plus grand souci était de ne mettre sur le marché qu'un fer irréprochable. Nuit et jour, il veillait à ce que le travail fût exécuté consciencieusement, et juste à ce moment il entra dans la forge au cours d'une de ses rondes nocturnes.

La première chose qui frappa ses yeux fut naturellement le grand homme loqueteux qui s'était approché si près du feu que ses hardes mouillées fumaient. Le patron ne fit pas comme les ouvriers, qui ne s'étaient pas donné la peine de regarder l'étranger. Il s'approcha au contraire de lui, l'examina de la tête aux pieds, puis arracha brusquement son chapeau mou pour mieux voir son visage.

« Mais c'est toi, Nils Olof ! s'écria-t-il. En quel état je te trouve ! »

L'homme aux souricières n'avait jamais vu le maître de forges de Ramsjö et en ignorait même le nom. Mais il lui vint à l'idée que ce richard, s'il se figurait avoir affaire à une vieille connaissance, serait capable de lui allonger une couronne ou deux. Aussi préféra-t-il ne pas le tirer d'erreur tout de suite.

« Oui, j'ai malheureusement eu des revers, dit-il.

– Tu n'aurais jamais dû quitter le régiment, dit le maître de forges. C'est ça le malheur. Si j'étais resté au service à cette époque, je t'en aurais empêché. Eh bien, c'est fait. Maintenant tu vas venir avec moi, bien entendu. »

Suivre le maître de forges et être reçu chez lui comme un vieux camarade de régiment, cette pensée intimida le vagabond. « Non, non, Dieu m'en garde ! » fit-il, l'air effrayé.

Il songea aux trente couronnes. Monter au domaine, ce serait se jeter volontairement dans la fosse aux lions. Il voulait simplement faire un bon somme dans la forge et ensuite se sauver aussi discrètement que possible.

Le maître de forges supposa que son ancien camarade se sentait gêné à cause de son aspect misérable.

« Ne crois pas que chez moi ce soit si beau que tu ne puisses pas t'y montrer ! dit-il. Élisabeth est morte, tu l'as peut-être déjà appris. Mes fils sont à l'étranger. Je n'ai à la maison que ma fille aînée. Nous venons de nous dire que c'était un triste Noël sans aucun hôte. Viens maintenant nous aider à faire un petit trou dans les victuailles de Noël ! »

Mais l'étranger protesta : non et non et encore non, et le maître de forges comprit qu'il était inutile d'insister.

« Il paraît que le capitaine von Stahle préfère passer la nuit chez toi, Stierström », dit-il en s'adressant au maître forgeron ; là-dessus il pirouetta sur ses talons et fit demi-tour.

Mais en s'en allant, il rit en dedans de lui, et les forgerons, qui le connaissaient, comprenaient bien qu'il n'avait pas dit son dernier mot.

Aussi une demi-heure était-elle à peine passée qu'on entendit devant la forge un bruit de roues, annonçant un nouvel arrivant. Cette fois ce ne fut pas le maître de forges : il s'était fait représenter par sa fille, dans l'espoir qu'elle saurait mieux que lui-même user de persuasion.

Elle entra, suivi d'un valet de chambre portant sur le bras une pelisse. La jeune fille n'était nullement belle : elle avait un aspect insignifiant et timide. Dans la forge, tout avait la même apparence que tout à l'heure. Le maître forgeron et ses apprentis étaient toujours assis sur leur banc, le fer et le charbon rougeoyaient dans le four. L'étranger, étendu par terre, avait la tête appuyée sur une barre de fonte, le chapeau baissé sur les yeux. La jeune fille s'approcha de lui et souleva le chapeau. L'homme avait manifestement l'habitude de ne dormir que d'un œil, car il se releva d'un bond, l'air effrayé.

« Je suis Edla Willmansson, dit la jeune fille. Mon père m'a raconté en rentrant que vous vouliez dormir ici dans la forge, capitaine ; je lui ai alors demandé la permission de venir vous chercher. Je suis désolée, capitaine, que vous ayez eu tant de malheurs. »

Elle le regarda avec des yeux pleins de pitié et remarqua que l'homme avait peur.

« Il a volé ou bien il s'est évadé de prison, se dit-elle, puis elle ajouta : Vous pouvez être sûr, capitaine, que vous pourrez partir de chez nous, aussi libre que vous êtes arrivé. Mais venez passer la veille de Noël avec nous ! »

Elle parlait avec tant de gentillesse que le colporteur prit confiance.

« Il n'aurait pas fallu, mademoiselle, que vous vous dérangiez pour moi, dit-il. Je vous suis. »

Il accepta la pelisse que le valet lui tendit en s'inclinant profondément, la jeta sur ses haillons ; puis il suivit la jeune fille vers la voiture sans honorer d'un regard les forgerons étonnés.

Mais de mauvais pressentiments l'assaillaient pendant que la voiture le conduisait au domaine. « Quel malheur que j'aie volé l'argent de ce journalier, se disait-il. Me voilà pris au piège, et je n'en sortirai plus. »

## III

Le lendemain était la veille de Noël, et en entrant dans la salle à manger pour déjeuner, le maître de forges était tout réjoui d'avoir si inopinément rencontré son vieux compagnon d'armes.

« Il s'agit maintenant de veiller à ce qu'il reprenne un peu de chair sur les os, dit-il à sa fille, en train de veiller au couvert. Ensuite je saurai bien m'arranger pour qu'il trouve une occupation autre que de courir le pays en vendant des souricières.

– Je trouve étrange qu'il ait pu tomber aussi bas, dit sa fille. Hier je n'ai rien vu chez lui qui témoignât d'un homme cultivé.

– Il faut un peu de patience, ma petite. Quand il sera lavé et proprement vêtu, tu verras. Hier il était forcément gêné. Ses façons de vagabond l'abandonneront en même temps qu'il se débarrassera de ses vêtements de misère. »

À ce moment la porte s'ouvrit et l'étranger entra. Il était en effet lavé et proprement vêtu. Le domestique lui avait préparé un bain, coupé les cheveux et l'avait rasé. On lui avait fait mettre un costume de tous les jours appartenant au maître de forges, une chemise blanche avec un col empesé, et chausser des souliers convenables.

Bien que l'hôte fût ainsi requinqué, le maître de forges n'eut pas l'air content. Il le regarda le front plissé, car on comprendra que si le maître de forges en apercevant l'homme dans l'incertaine lumière du feu de la forge avait pu commettre une erreur, il était impossible, en le revoyant à la pleine lumière du jour, de le prendre pour une vieille connaissance.

« Qu'est-ce que cela veut dire ? » fit-il d'une voix tonnante.

L'étranger ne fit pas le moindre essai de simulation. Il se rendit parfaitement compte que c'en était fait de son élévation au rang de capitaine.

« Ce n'est pas ma faute, monsieur le maître de forges, dit-il. Je n'ai jamais prétendu être autre chose qu'un pauvre marchand ambulant et je vous ai supplié de me laisser dans la forge. Mais il n'y a pas grand mal. Je n'ai qu'à enfiler mes loques et à déguerpir.

– Eh oui, mais..., commença le maître de forges avec hésitation. Je suis d'avis qu'il n'y a pas franc jeu. Tu ne peux en disconvenir. Et je ne serais pas étonné que le commissaire de police aimât dire ce qu'il pense de cette affaire. »

Le vagabond fit deux pas en avant et abattit son poing fermé sur la table.

« Je vais vous dire quelque chose, monsieur le maître de forges, dit-il. Le monde entier n'est qu'une énorme souricière. Tout ce qu'il vous offre de bon n'est que croûtes de fromage et bouts de lard, placés pour conduire à sa perte un pauvre malheureux. Et si le commissaire vient me coffrer pour cette histoire, dites-vous, monsieur le maître de forges, qu'il peut venir un jour où vous aurez vous-même envie d'un bon morceau de lard et où vous vous ferez prendre au piège. »

Le maître de forges se mit à rire.

« Ce n'est pas bête ce que tu dis là. Nous laisserons peut-être bien le commissaire tranquille la veille de Noël. Mais maintenant, file aussi vite que possible ! »

Au moment où l'homme allait ouvrir la porte, la jeune fille dit :

« Je trouve qu'il doit rester chez nous aujourd'hui. Je ne veux pas qu'il s'en aille ainsi. »

Et en parlant elle alla refermer la porte.

« Mais qu'est-ce qui te prend ? » fit le père.

La jeune fille sembla assez perplexe, ne sachant au juste que répondre. Ce matin elle s'était sentie heureuse en songeant à la façon dont elle allait rendre la fête de Noël confortable et gaie pour leur malheureux hôte affamé. Et comme elle restait encore sous l'empire de ses pensées elle était intervenue pour le vagabond.

« Je songe à cet homme, dit-elle. Il marche l'année durant sur les routes et il n'y a peut-être pas dans tout le Vermland un endroit où il est le bienvenu et peut se reposer. De quelque côté qu'il se tourne, il est chassé, toujours sous la menace d'être appréhendé et arrêté. J'aurais voulu qu'il eût un jour de paix chez nous, un seul jour dans l'année. »

Le maître de forges grommela quelque chose dans sa barbe. Il ne put se résoudre à contredire sa fille.

« Le tout était une erreur, poursuivit-elle, mais je ne trouve quand même pas que nous devions jeter à la porte une personne que nous avons invitée et à qui nous avons promis un joyeux Noël.

– Tu prêches mieux qu'un pasteur, dit le maître de forges. J'espère seulement que tu n'auras pas à regretter ce que nous faisons. »

Le jeune fille prit l'étranger par la main et le fit asseoir à table.

« Asseyez-vous et mangez ! » dit-elle, ayant compris que son père cédait à sa prière.

L'homme aux souricières ne dit pas un mot : il se contenta d'obéir à l'injonction de la jeune fille. Mais il ne cessait de jeter des regards furtifs sur l'hôtesse qui avait intercédé pour lui. Pourquoi l'avait-elle fait ? Que se cachait-il sous cette attitude ?

La veille de Noël se passa ensuite à Ramsjö comme tant d'autres veilles de Noël. L'invité n'était guère gênant, car il ne faisait que dormir. Toute la matinée il resta étendu sur le canapé d'une des chambres d'amis, dormant d'une traite jusqu'à ce qu'on vînt l'éveiller pour qu'il eût sa part des bons plats de Noël. Ensuite il s'endormit de nouveau. Il semblait avoir des années d'arriérés de sommeil : on eût dit que nulle part il n'avait joui d'un repos et d'un sentiment de sécurité comme ici à l'usine de Ramsjö.

Vers la fin de l'après-midi, quand on alluma l'arbre de Noël, on le réveilla de nouveau. Il resta un moment au salon, les yeux clignotants, comme ébloui par l'éclat des lumières. Puis il s'éclipsa. Deux heures plus tard, on le tira encore de son sommeil, cette fois pour descendre dans la salle à manger et prendre part au repas qui réunissait maîtres et serviteurs autour du poisson et du riz au lait traditionnels.

Aussitôt le dîner terminé et dès qu'on se fut levé de table, il fit le tour de l'assistance, remercia tout le monde et souhaita une bonne nuit. Quand il se trouva devant la fille de la maison, celle-ci lui annonça que son père lui offrait comme cadeau de Noël le costume qu'on lui avait prêté. Et elle ajouta que s'il avait envie de passer le Noël suivant à un endroit où il pourrait se reposer, sûr de ne courir aucun danger, il n'aurait qu'à revenir à Ramsjö.

Le marchand de souricières ne répondit pas : les yeux écarquillés, il regarda la jeune fille avec un étonnement sans bornes.

Le lendemain matin, le maître de forges et sa fille se levèrent de bonne heure pour se rendre à l'église. Leur hôte dormait encore et on le laissa dormir.

Lorsque vers dix heures, après le service divin, ils firent le trajet du retour, la jeune fille était assise la tête basse. À l'église, on avait appris qu'un des anciens journaliers de l'usine venait d'être victime d'un vol, commis par un chemineau qui vendait des souricières.

« Ah, c'est un bel oiseau que tu as introduit à la maison, disait le père, je me demande combien il va rester de cuillers d'argent dans le buffet à cette heure-ci. »

À peine la voiture arrêtée devant le perron de Ramsjö, le maître de forges demanda au valet si l'étranger se trouvait encore là. Il ajouta qu'on venait d'apprendre que l'homme était un voleur. Le valet répondit que l'homme était parti, certainement sans avoir rien emporté. Il avait au contraire laissé un petit paquet qu'il priait mademoiselle

Willmansson d'accepter comme cadeau de Noël.

La jeune fille ouvrit le paquet, qui était fort grossièrement emballé, et aussitôt elle poussa une exclamation de joie. Elle y trouva une petite souricière, dans laquelle étaient fourrés trois billets de dix couronnes froissés. Outre les billets, la souricière renfermait une lettre, écrite en de grands caractères maladroits.

Très honorée Demoiselle,

Vu que mademoiselle a été si pleine de bontés pour moi pendant toute la journée comme envers un vrai capitaine, je veux être à mon tour digne de ces bontés comme un vrai capitaine, car je ne veux pas que mademoiselle ait la honte d'avoir eu pour hôte de Noël un voleur, mais mademoiselle peut rendre l'argent au vieux au bord de la route qui a le sac à argent suspendu au montant de la fenêtre comme un appât pour de pauvres chemineaux.

La souricière est un cadeau d'un rat qui aurait été pris dans la ratière de ce monde s'il n'avait été élevé au rang de capitaine, car cela lui a donné la force de se dégager.

Avec amitié et grande considération, je signe

Le capitaine.

# Table

DANS LA MÊME COLLECTION

(Extrait du catalogue)

**Abé Kôbô**
La face d'un autre.
La femme des sables.
L'homme-boîte.
Le plan déchiqueté.

**Amado Jorge**
La bataille du Petit-Trianon.
Cacao.
Les deux morts de Quinquin-la-Flotte.
Le vieux marin.

**Anderson Sherwood**
Tar.

**Ariyoshi Sawako**
Kaé ou les deux rivales.
Les dames de Kimoto.
Les années du crépuscule.

**Baldwin James**
Si Beale Street pouvait parler.
Harlem Quartet.

**Bang Herman**
Tine.
Maison blanche. Maison grise.

**Barnes Julian**
Le perroquet de Flaubert.
Le soleil en face.

**Bellatin Mario**
Salon de beauté.

**Bernières Louis de**
La guerre des fesses de don Emmanuel.
Señor Vivo et le baron de la coca.
La calamiteuse progéniture du cardinal Guzman.

**Blixen Karen**
Sept contes gothiques.

**Bounine Ivan**
Le monsieur de San Francisco.
Le village.
Le sacrement de l'amour.

**Brink André**
Un turbulent silence.
Le mur de la peste.

**Capek Karel**
La vie et l'œuvre du compositeur Foltyn.

**Carver Raymond**
Tais-toi, je t'en prie.
Parlez-moi d'amour.
Les vitamines du bonheur

**Claus Hugo**
L'étonnement.

**D'Annunzio Gabriele**
Terre vierge.
Triomphe de la mort.

**Desai Anita**
Un héritage exorbitant.

**Ditlevsen Tove**
Printemps précoce.

**Fujiwara Tomomi**
Le conducteur de métro *suivi* de Échec au roi.

**Garcia Morales Adelaïda**
Le silence des sirènes.

**Geiszler Horst**
Cher Augustin.

**Gorki Maxime**
Tempête sur la ville.

**Goytisolo Juan**
Paysages après la bataille.
Chasse gardée.
Les royaumes déchirés.

**Graves Robert**
King Jesus.

**Hackl Erich**
Le mobile d'Aurora.

**Haïk Farjallah**
L'envers de Caïn.
Joumana.

**Han Suyin**
Ton ombre est la mienne.

**Herlihy James Leo**
Macadam cow-boy.

**Hesse Hermann**
Demian.

**Hoffmann E.T.A.**
Nouvelles musicales.
Les Élixirs du diable.

**Inoué Yasushi**
Confucius.
Les chemins du désert.
Combat de taureaux.
Le faussaire.
Le fusil de chasse.
Histoire de ma mère.
Le Maître de thé.
La chasse dans les collines
Pluie d'orage.
Au bord du lac.

**Jacobsen Jen Peter**
Niels Lyhne.

**James Henry**
L'autel des morts.
Les papiers de Jeffrey Aspern.
Le regard aux aguets.
Daisy Miller.
Le tour d'écrou.
Impressions d'une cousine.
L'Américain.

**Johnson Eyvind**
Le roman d'Olof.

**Kadaré Ismail**
Récits d'outre-temps.
Les adieux du mal.
Le firman aveugle.
Concours de beauté masculine.
La ville sans enseignes.

**Kaniuk Yoram**
Confessions d'un bon Arabe.

**Kästner Erich**
Trois hommes dans la neige.

**Kazan Elia**
America, America.

KESEY KEN
Vol au-dessus d'un nid de coucou.

KHARITONOV MARK
Proknor Menchoutine.

KIŠ DANILO
Le luth et les cicatrices.

KIVI ALEKSIS
Les sept frères.

LAGERKVIST PÄR
Le bourreau.
Contes cruels.
La mort d'Ahasverus.
Le nain.
La sibylle.
L'exil de la terre.

LAGERLÖF SELMA
L'anneau du pêcheur.
Les écus du messire Arne.
L'empereur du Portugal.
Jérusalem en Dalécarlie.
Jérusalem en Terre sainte.
La légende de Gösta Berling.

LANGE HARTMUT
Une fatigue.

LAWRENCE D.H.
Ile, mon île.
Le renard.
Matinées mexicaines.

LUXUN
Journal d'un fou.

MCCARTHY MARY
L'oasis et autres récits.

MCCULLERS CARSON
Le cœur hypothéqué.
Frankie Addams.
Reflets dans un œil d'or.
La ballade du café triste.
L'horloge sans aiguilles.
Le cœur est un chasseur solitaire.

MALERBA LUIGI
Clopes.
Le feu grégeois.
Les pierres volantes.

MANN THOMAS
Tonio Kröger.
La mort à Venise.

MANSFIELD KATHERINE
Cahier de notes.
La garden-party.
Lettres.
Pension allemande.

MARTINSON HARRY
Voyages sans but.

MEYRINK GUSTAV
Le Golem.

MILLER HENRY
Virage à 80.
Max et les phagocytes.
Dimanche après la guerre.
Entretiens de Paris.
Tropique du Capricorne.

NABOKOV VLADIMIR
Don Quichotte.
Austen, Dickens, Flaubert, Stevenson.
Proust, Kafka, Joyce.
Gogol, Tourguéniev, Dostoïevski.
Tolstoï, Tchekhov, Gorki.

NASREEN TASLIMA
Lajja.
Scènes de mariage.

NICOLSON NIGEL
Portrait d'un mariage.

NIN ANAÏS
Les miroirs dans le jardin.
Les enfants de l'Albatros.
Les chambres du cœur.
Une espionne dans la maison de l'amour.
La séduction du Minotaure.

OATES JOYCE CAROL
Solstice.
Confessions d'un gang de filles.
Nous étions les Mulvaney.

O'BRIEN EDNA
Qui étais-tu Johnny ?
Les grands chemins.
Lanterne magique.

O. HENRY
New York tic tac.

OLIVIA
Olivia par Olivia.

PENN WARREN ROBERT
La grande forêt.
Les fous du roi.

PERUTZ LEO
Turlupin.

PINGWA JIA
Le porteur de jeunes mariées.

PRAWER JHABWALA RUTH
Chaleur et poussière.
La vie comme à Delhi.
Cette lutte incertaine.

PURDY JAMES
L'oiseau de paradis.

QUEIROZ RACHEL DE
L'année de la grande sécheresse.

RADIČEVIĆ BRANKO
Le trou de la serrure.

RIBEIRO AQUILINO
Casa Grande.

SACKVILLE-WEST VITA
Escales sans nom.

SAVINIO ALBERTO
La maison hantée.

SCHNITZLER ARTHUR
Madame Béate et son fils.
Mademoiselle Else.
Mourir.
La pénombre des âmes.
La ronde.
Vienne au crépuscule.
L'étrangère.

SCOTT WALTER
La fiancée de Lammermoor.

**SINGER ISAAC BASHEVIS**
Amour tardif.
La corne du bélier
Le domaine.
Le manoir.
Ennemies.
Yentl.
L'esclave.
Le fantôme.
Au tribunal de mon père
Le blasphémateur.
Le beau monsieur de Cracovie.

**SPARK MURIEL**
Le pisseur de copie.
L'unique problème.
Memento mori.
L'appropriation.
Robinson.
L'abbesse de Crewe.
Demoiselles aux moyens modestes.

**STANGERUP HENRIK**
Lagoa Santa.

**TANIZAKI JUNICHIRO**
Deux amours cruelles.

**TEKIN LATIFE**
Contes de la montagne d'ordures.

**TEVIS WALTER**
La couleur de l'argent.

**THOMSON RUPERT**
L'Église de Monsieur Eiffel.

**TOLSTOÏ LÉON**
La mort d'Ivan Ilitch.
Un cas de conscience.

**TOLSTOÏ COMTE LÉON L.**
La vérité sur mon père.

**TOURGUENIEV IVAN**
L'abandonnée.
L'exécution de Troppmann.
Fumée.
Journal d'un homme de trop.
Dimitri Roudine.

**TRAVEN B.**
Le visiteur du soir.

**TYLER ANNE**
Toujours partir.

**UHLMAN FRED**
Il fait beau à Paris aujourd'hui.
La lettre de Conrad.

**UNDSET SIGRID**
L'âge heureux.
Jenny.
Vigdis la farouche.

**VANDERBEKE BIRGIT**
Le dîner de moules.
Apocalypse non !

**WERFEL FRANZ**
Le passé ressuscité.

**WIECHERT ERNST**
La servante du passeur.

**WILDE OSCAR**
Intentions.
De profundis.
Nouvelles fantastiques.

**WILSON ANGUS**
Saturnales.

**WOLF CHRISTA**
Cassandre.
Aucun lieu, nulle part.
Scènes d'été.
Ce qui reste.
Incidence.
Trois histoires invraisemblables.
Changement d'optique.
Médée.

**WOLFE THOMAS**
De la mort au matin.

**WOOLF VIRGINIA**
Orlando.

**YAMATA KIKOU**
Masako.
La dame de beauté.

**ZWEIG STEFAN**
Amok.
La confusion des sentiments.
Le joueur d'échecs.
Vingt-quatre heures de la vie d'une femme.
Nietzsche.

Composition JOUVE

*Achevé d'imprimer en septembre 2003*
*sur presse Cameron*
*par* ***Bussière Camedan Imprimeries***
*à Saint-Amand-Montrond (Cher)*
*pour le compte des Éditions Stock*
*31, rue de Fleurus, 75006 Paris*

Imprimé en France
Dépôt légal : octobre 2003.
N° d'Édition : 36277. N° d'Impression : 034066/4.
54-12-5627/2
ISBN : 2-234-05627-6